Dalmatinische Reise

Von

Hermann Bahr

Herausgeber: Culturea (34, Hérault)
Druck: BOD - In de Tarpen 42, Norderstedt (Deutschland)
Website: http://culturea.fr
Kontakt: infos@culturea.fr
ISBN:9791041909582
Veröffentlichungsdatum:Marsch 2023
Layout und Design: https://reedsy.com/
Dieses Buch wurde mit der Schriftart Bauer Bodoni gesetzt.

ER WIRT MIR GEBEN

1.

Jetzt kommt es wieder! Immer um diese Zeit. Wenn der Februar sich in den kahlen Ästen dehnt.

Oft um Weihnachten schon geschieht es mir, daß ich, auf dem Semmering vom Doppelreiter zum Wolfsbergkogel rodelnd, plötzlich das Meer sehe, das blaue Meer. Nur einen Moment lang. Der Wind schneit mich an, die Nadeln zergehen, mich wässert in den Augen; und indem ich sie schließen muß, begibt es sich, daß ich das blaue Meer sehe. Die Lider, fest vor dem stechenden Schnee zugepreßt, lassen mich das blaue Meer sehen. Nur einen Moment lang. Schon bin ich wieder wach und erblicke den Eselstein, drüben vor mir, im wogenden Grau. Das blaue Meer haben mir bloß meine Lider vorgeträumt. Nur einen Moment lang. Aber diesen war es in mir da. Und mitten im neblichten Dampf und stachligen Schnee weiß ich jetzt plötzlich wieder, daß irgendwo das blaue Meer ist. Und während ich dann, von der Station den weich verschneiten Berg hinauf, schnaufend meine Rodel schleppe, sagt alles in mir: Blau, blau, blau! Das ist mir wie ein magisches Wort, das alle Sehnsucht stillen kann. Und abends dann, im winterlichen Behagen frottierter Füße in frischen Strümpfen, wenn im Kamin die großen Scheite krachen und ihre roten Zungen zeigen, verfolgt es mich. Immer mit denselben beiden Bildern: ich sehe mich in Mattuglie aus dem Zug steigen und vor mir liegt in der Sonne das blaue Meer da, bis zur Insel Cherso hin; oder ich bin über San Giacomo, auf der weißen Straße nach Trebinje, und unten ist das blaue Meer und drüben das immergrüne Lakroma und dann wieder das blaue Meer und überall das blaue Meer, jauchzend in der Sonne. Immer diese zwei Bilder sind dann bei mir, zum Greifen leibhaft vor mir da. Bis ein großes Scheit prasselnd einbricht und mich aufschreckt: das Gesicht zerrinnt, zum Fenster sehen die stillen alten Fichten herein, in ihren weißen Mänteln.

Und in der hellen Winterslust wird es wieder vergessen. Wochenlang. Aber wenn dann im Februar plötzlich manchmal nachts ein warmer Wind über den Acker fliegt, daß man aus dem Schlaf ans Fenster fährt, als hätte drunten im Garten das Glück gerufen, das Glück selbst mit seiner wilden Stimme, wie mit Peitschenknall, wenn das bange Stöhnen in den nackten Ästen ist, wenn die Wolken, wie tolles Vieh, in Angst und Entsetzen durcheinander rennen, dann kann ich nicht mehr, dann weiß ich sonst gar nichts mehr, dann bin ich überall bis an den Rand von Gier voll, Gier nach dem Meer, nach unserem blauen Meer in der Sonne.

Immer um diese Zeit. Wenn man am Zittern der kahlen Äste merkt, daß schon das Blut in ihnen schlägt.

Und dann steht wieder jene Zeit in mir auf, jene dunkle Zeit vor fünf Jahren. Da war ich am Tode, die Kraft entsank meinem Herzen. Der Arzt schickte mich nach einer Anstalt am Bodensee. Ganz einsam saß ich dort, in Erwartung. Schnee. Sturm. Nebel. Und kein Atem. Und die Furcht. Damals habe ich das Wort Trübsinnig verstehen lernen. Und Schleimsuppe. Und kein Mensch. Vita minima, innen und außen. Und kein Schlaf. Da saß ich und sah dem Nebel zu. Mein Kopf sah zu, mein Kopf lebte noch; sonst war ich abgestorben. Einmal las ich damals, Konrad Ferdinand Meyer habe von seiner Mutter gesagt, sie sei »heiteren Geistes, traurigen Herzens« gewesen. Dies traf mich so, daß es mir geblieben ist. Es war wie von mir gesagt. Traurig hatte ich das Herz, den heiteren Geist focht es nicht an. Ich las den ganzen Tag. Um abends kein Wort davon zu wissen. Ich konnte zuletzt nicht mehr durch das Zimmer gehen. Da sagte der Geist zu mir: Das blaue Meer! Und der Geist gebot mir zu fliehen. Ich gehorchte. Ich fürchtete den Tod gar nicht mehr. Nur voll Angst war ich, das blaue Meer nicht mehr zu sehen. Das blaue Meer noch einmal zu sehen war alles, was ich wußte. Das hatte ich noch zu tun. Dann war's gut. Dann meinetwegen –.

So floh ich. Ich erinnere mich noch an den merkwürdigen Abend im Inselhotel in Konstanz. An diesem Tag war der Frühling angekommen. Der See glänzte, weiß flog sein Schaum auf. Das Inselhotel ist ein altes Kloster, Dominikaner haben hier gehaust. Ich war der einzige Gast. Da saß ich, ließ mir Rheinwein bringen und rauchte große Zigarren. Ich fand, daß alles, was es auf der Erde gibt, wunderschön ist; und als hätte ich das noch gar nicht gewußt, sondern eben jetzt erst entdeckt. Und ich dachte mir, daß kein Mensch sterben kann, so lange er noch mit seinen Augen sieht, wie schön die Welt ist; er darf nur die Augen nicht sinken lassen. Da hörte mein Herz auf, so traurig zu sein. Am anderen Morgen mußte ich früh heraus. Noch war die Nacht übrig, als ich zum Schiff ging. In Geheimnissen standen die Bäume des Stadtgartens, die Umrisse der alten Häuser. Nun hatte ich im Hafen zu warten. Der Horizont war wie ein großer schwarzer Ring. Gaslicht, elektrisches daneben, grünes und rotes an schwanken Schiffen und an der Bahn, durch weißen Nebel glühend. Die Uhr der Station und noch eine andere Uhr am Ufer wie zwei große böse Monde. Und der stille Morgenstern. Und plötzlich ein Blitz, erst violett, dann rot, die Sonne kommt, die Nebel fallen, es lacht der Tag. Da fuhr ich über den hellen See.

Nach vierundzwanzig Stunden war ich in Mattuglie. Da lag das blaue Meer vor mir, bis zur Insel Cherso hin. Zwei Wochen später bin ich nach Athen gefahren. Auf der Akropolis saß ich, vor dem kleinen Tempel der Nike, Schwärme von Veilchen schienen im Meer zu schwimmen. Da fragte ich mein Herz. Froh war es.

Und immer, seitdem, wenn es im Norden und Nebel verzagen will, zupft es mich und verlangt hinab, an das blaue Meer, zur Sonne. Immer um diese Zeit, wenn aus nackten braunen Schollen das Erwachen dampft.

****

Damals, vor fünf Jahren, ist mein ganzes Leben anders worden. Denn ich weiß jetzt, daß der Mensch durch den Geist und vom Willen aus eine viel größere Macht über Leiden hat, als wir glauben. Meine Wiederkehr zum Leben ist damals durch das Gemüt geschehen. Ich habe mich entschlossen, nicht zu sterben: anders kann ich es nicht sagen. Die Ärzte nannten es ein Wunder. Ich habe seitdem ein fast unverschämtes Vertrauen zur inneren Heilkraft. Es kommt in der Not nur darauf an, sie zu finden. Sie scheint sich dann zu verkriechen; fast hat man das Gefühl, als wäre sie faul; sie will nicht, sie hat Scheu, sich herzugeben. Und ich finde sie nur am Meer. Vielleicht ist das ein Aberglaube. Immer aber, wenn ich unfähig bin, meinen Willen zum Leben zu wecken, treibt es mich seitdem ans Meer. Da springt er auf und ist bereit.

Ein rechter Heliotrop bin ich. Zur Sonne muß ich mich wenden. So viel Sonne scheint, so viel Kraft wird mir. Das zieht mich jedes Jahr nun wieder ins Sonnenland, nach Dalmatien. Wie eine Wallfahrt ist es, um von Angst und Trübsal in Licht und Wärme zu genesen.

Nun ist aber Dalmatien nicht bloß ein Sonnenland, Märchenland, Zauberland, sondern nebenbei auch noch eine Provinz der österreichisch-ungarischen Monarchie. Es kommen fast keine Fremden hin, und die paar Fremden, die kommen, verstehen die Sprache nicht und verkehren mit den Leuten nicht. In anderen Provinzen glaubt Österreich zuweilen den Fremden ein bißchen Europa vorspielen zu müssen. Hier hat es das nicht nötig. Hier kann es sich noch unverdorben zeigen. Hier steht es nackt da, wie im Paradiese.

Und darum ist mir diese Fahrt, jedes Jahr, wenn ich dem Winter entfliehe, immer auch eine Wallfahrt zum alten Österreich. Die Bora bläst mir meine Kraft wieder auf und ich lerne wieder ein bißchen Österreichisch. Es kann beides nicht schaden.

2.

Auf dem Südbahnhof. Eine Wirrnis sportlich vermummter Jugend, die auf den Semmering fährt. Der Winter ist jetzt Mode worden. Oder wenigstens das Winterkleid. Vergleicht man Wiener mit Berlinern oder gar Engländern, die zum Rodeln gerüstet sind, so zeigt es sich, daß diese nur nach dem Zweckmäßigen, nach dem Sachlichen trachten und ihren Stolz darin haben, sachverständig auszusehen, während der Wiener ein Kostüm will, das malerisch wirken soll; mit allem, was er treibt, treibt er sein Spiel. Ist es gar noch ein jüdischer Wiener, so trägt er die Skier wie Orden, bis zu Tränen gerührt, zu den Sportfähigen zu gehören, als ob es eine der jüdischen Nation verliehene Auszeichnung wäre, eine Annäherung an den Baron; dafür will er gern die rauhe Hand des Winters leiden.

Im Kupee. Warum kauft sich der reisende Mensch acht Zeitungen? Er könnte für denselben Preis bei Reclam Goethes Briefwechsel mit Zelter haben. Warum liest er lieber achtmal dieselben Nachrichten? Es scheint ihm ein Lesen erwünscht, das bloß mit den Augen geschieht, das Hirn aber freiläßt, das also den Geist gleichsam bloß hinzuhalten, damit er Ruhe gibt, und die Gedanken von ihm abzuhalten hat. Vielleicht geschieht es aber auch nur deshalb, weil er die Zeitungen auf der Bahn kriegt, und den Zelter nicht. An den Zeitungen verdient der Händler, mit dem Zelter nicht. Warum findet sich niemand, der, um der Volksbildung willen, von der man so viel spricht, in den Stationen den Reclam und die gelben Kosmosbücheln auslegt? Weil es allen diesen Leuten immer nur darum zu tun ist, von den Dingen und über die Dinge zu sprechen, keinem aber, sie zu tun.

Da erscheint, hoch oben im Schnee, die Kirche von Maria-Schutz. In solcher Schönheit steht sie leuchtend dort, daß mir ist, als hätte ich sie so noch nie gesehen! Ich muß aber lachen, denn ich erinnere mich, daß mir noch jedesmal immer wieder ist, als hätte ich sie so noch nie gesehen. Seltsam: wir haben kein Gedächtnis für Eindrücke, wir bewahren sie nicht wirklich auf. Wir täuschen uns, wenn wir uns zu erinnern glauben. Wir erinnern uns nur, daß einmal ein Erlebnis da war. Es selbst aber verläßt uns. Kommt es wieder, so können wir es kaum erkennen. Immer ist es wieder wie zum erstenmal. Immer wieder, wenn im Fidelio im zweiten Akt die Hörner rufen und ihr Licht den schwarzen Kerker sprengt, wenn ich den Wilhelm Meister lese, wenn Kainz spricht, wenn der Mildenburg schmerzensreiche Stimme tönt, wenn ich einen Klimt sehe, wenn ich wieder vom Semmeringer blauen Haus in Fichten die Rax erblicke, wenn ich wieder über San Giacomo auf der weißen Straße mit den Agaven bin, ist mir immer wieder: Nein, ich hab's ja noch nie gewußt, jetzt ist es zum erstenmal, jetzt weiß ich es erst und kann's nie mehr vergessen! Und so glaubt man es jetzt erst zu haben und jetzt bei sich zu halten, für alle Zeit, und glaubt, daß es nun nie mehr vergehen kann, und doch vergeht es wieder und verlischt, und es ist nur ein grauer Schatten, der davon in der Seele kauern bleibt.

Triest. Ein prachtvolles Automobil bringt den Gast in ein elendes Hotel. Triest hat nämlich noch immer kein Hotel, das halbwegs den Gewohnheiten eines Europäers entsprechen könnte. Wien ja schließlich auch nicht. Die Wiener sind sehr bös, wenn man sagt, daß sie kein Hotel und kein Fuhrwerk haben. Sie finden es unpatriotisch, das zu sagen. Ich finde es unpatriotisch, keins zu haben. Ich fragte neulich einen: Also wo habt ihr denn ein Hotel wie das Adlon in Berlin, wo denn? Er antwortete mir, zornig: Aufgewachsen sind Sie im Adlon! Ich erwiderte: Nein, es handelt sich aber auch nicht um mich, sondern um die Fremden, die sind es nun einmal gewohnt, europäisch zu wohnen, und da sie das in Wien nicht können, reisen sie wieder ab. Er sagte: Sollen die Fremden zuerst kommen, dann wird man ja sehen. Ich sagte: Die Fremden wollen aber zuerst sehen, dann werden sie kommen. – Es ist immer derselbe Streit. Der Fremde soll es sich erst durch Fleiß und Ausdauer verdienen, dann wird man ihn belohnen. Wien ist darin der richtige Vorort von Istrien und Dalmatien. – Das sind so österreichische Sachen, die niemand erklären kann. Warum gibt es europäische Hotels in Karlsbad, in Franzensbad, in Marienbad, in Salzburg und überall in Tirol? Und warum gibt es keine in Wien, in Triest, in Pola, in Fiume und in Dalmatien? Man könnte doch einfach die Herren Pupp, Jung und Christomanos von Staatswegen in die anderen Provinzen importieren.

Merkwürdig ist Triest. Die schönste Landschaft. Schöner als Neapel. Aber gar keine Stadt. Man hat das Gefühl, hier überhaupt nirgends zu sein. Es kommt einem vor, als bewege man sich im Wesenlosen. Hier hat sich nämlich der Staat das Problem gestellt, einer Stadt ihren Charakter vorzuenthalten. Natürlich geht das nicht, es ist doch eine italienische Stadt. Aber sie darf nicht. Daher der Unwille, den man überall an ihr spürt. Es ist eine Stadt, die eine unwillige Existenz führt. Was sie ist, soll sie nicht sein, und gegen den Schein, zu dem man sie zwingt, wehrt sie sich. Nun stößt sich aber der Staat damit selbst vor den Kopf. Er braucht die Stadt. Er braucht sie stark und groß. Doch Kraft und Größe lassen sich nicht verordnen. Der Staat tut alles, um die Stadt zu verkrüppeln, und wundert sich dann, wenn sie nicht wächst. Auf jede Forderung der Stadt antwortet er: Werdet zuerst Patrioten, dann wird man etwas für euch tun! Während sich die Leute natürlich denken; Tut erst etwas, wofür es sich lohnt Patrioten zu sein! Es ist genau dieselbe Geschichte wie mit den Wiener Hotels und den Fremden.

Der Staat fragt die Triestiner in einem fort: Warum seid ihr nicht patriotisch? Und die Triestiner fragen in einem fort: Warum sollten wir patriotisch sein? Es weiß nämlich bei uns niemand, was ein Patriot ist. Ein Patriot ist, wer sich unter einer Regierung so wohl fühlt, daß er sie durchaus mit keiner anderen vertauschen möchte, aus Angst, dabei zu verlieren. Weshalb auch eigentlich tief in jedem Menschen der Wunsch ruht, ein Patriot sein zu können. Dies nicht zu bemerken ist das System der österreichischen Verwaltung. Es war schon immer so, auch als wir noch Oberitalien hatten. Es hat sich nicht geändert. Der Staat traut den Triestinern nicht, die Triestiner trauen dem Staat nicht. Daraus hat sich mit der Zeit das schöne Verhältnis ergeben, daß die beiden, der Staat und Triest, sozusagen nicht mehr miteinander verkehren. Macht aus dieser Stadt, was sie sein könnte, eine starke und reiche und große Stadt, stärker und reicher und größer als Venedig, und die nächste Generation wird sagen: Wir wären ja Narren, zu tauschen! Und warum soll sie nicht italienisch sein? Ihr könnt euch ja gar nichts besseres wünschen als eine italienische Stadt, die sich in Österreich wohl fühlt!

Nun sagt jeder Triestiner, wer es auch sei: Wir müssen die italienische Universität kriegen! Und jeder vernünftige Mensch in Österreich sagt: Die italienische Universität muß nach Triest! Alle sind einig. Darum geschieht es nicht. Denn wenn in Österreich alle einig sind, glaubt man, daß etwas dahinter stecken muß. Und wenn in Österreich jemand etwas will, glaubt man, daß er eigentlich etwas anderes will; oder doch aus anderen Gründen, als er sagt. Die Regierung kann sich nicht denken, daß es in Österreich anständige Menschen gibt.

Die Italiener wollen eine italienische Universität, um ihre Söhne auszubilden, und sie wollen sie in Triest, weil sie Triest nahe haben und weil ihre Söhne in fremden Städten unglücklich sind. Nein, sagt die Regierung: sie wollen sie, um Irredentisten zu züchten! Worauf zu antworten wäre: Irredentisten züchtet ihr, ihr, weil jeder österreichische Italiener ein Irredentist sein wird, so lange er sich in Österreich fremd fühlt, und weil jeder sich in Österreich fremd fühlen muß, so lange man ihm mißtraut! Die Heimat eines Menschen ist dort, wo er sich bei sich zu Hause fühlt. Sorgt dafür! Und ferner: Eine bessere Zucht von Irredentisten als in Wien gibt es gar nicht. In Wien fühlt sich der italienische Student fremd, er versteht die Sprache nicht, er ist von Feindschaft umgeben, niemand nimmt sich seiner an, Heimweh quält ihn, so sitzt er den ganzen Tag mit den anderen im Café beisammen, um nur doch seine Sprache zu hören, und wenn unter diesen nun ein einziger ist, den die Not oder die Sehnsucht zum Irredentisten macht, so sind es nach einem Monat alle; seelische Kontagion nennt man das. Und endlich: Ihr treibt jeden Italiener aus Österreich hinaus, dem ihr die Wahl stellt, ein Italiener oder ein Österreicher zu sein! Es muß ihm möglich werden, als Italiener ein Österreicher zu sein. Wie denn unser ganzes österreichisches Problem dies ist, daß es uns möglich werden muß, Österreicher deutscher oder slawischer oder italienischer Nation zu sein.

3.

Ich gehe zum Lloyd um mein Billet. Sie sind auf diesen Palast sehr stolz. Er ist 1883 von Ferstl erbaut, in jenem sinnlosen und grundlosen Ringstraßenstil, der wie eine tote Sprache klingt. Ich habe einen alten ungarischen Pfarrer gekannt, der eine Vorliebe hatte, lateinisch zu reden. Gullasch essen und lateinisch reden. Und genau so wirkt dieser Bau. Und dann bin ich immer traurig, beim Lloyd. Weiß selbst nicht warum. Seine Kapitäne sind so wunderbare Menschen. Sie fühlen sich als Italiener, stammen aber fast alle von Kroaten ab, und jene Beweglichkeit mischt sich seltsam mit dieser Wehmut. Ganz stille verhaltene Menschen sind es, von einer geduldigen Höflichkeit, unter der eine stumme Sehnsucht ruht. Ich habe sie sehr gern, aber sie machen mich so traurig. Warum? Ohne gesprächig zu sein, lassen sie sich doch gern einmal zum Erzählen verführen und haben dann die lustigsten Geschichten bereit. Wie oft, bei ruhiger See, wenn wir nach dem Essen abends im Dunkel mit glühenden Zigarren beisammen saßen, hab ich ihnen gehorcht! Und doch macht's mich immer traurig. Unter ihren Worten, während der Mund lacht, ist eine Traurigkeit. Und dann fährt einmal ein Schiff des Norddeutschen Lloyd oder der Hapag vorbei. Da verstummen sie. Sitzen still und schauen hin und rauchen. Höchstens, daß einer einmal sagt: Glauben Sie, wir könnten das nicht auch, was die können? Und dann kommt's langsam heraus: sie fühlen sich als die besten Seefahrer und begreifen nicht, warum ihnen die vorkommen, die nordischen! Und da stehen sie dann nachts auf der Brücke im Wind und denken daran. Wir können so viel als die! Wir sind nicht schlechter! Warum läßt unser Lloyd die anderen vor? Das liegt schwer auf ihnen.

Wir sitzen in der Direktion oben beisammen, geraten ins Reden, und ich sage ihnen das. Euere Leute sind unfroh, weil sie das Gefühl haben, der Lloyd könnte mehr sein. Warum ist er es nicht? Warum seid ihr so falsch bescheiden? Warum seid ihr weniger, als ihr könnt? Man ist sehr artig mit mir, aber nicht ohne jenen leisen Spott, den Fachmenschen für Laien haben. Ein Fachmensch ist, wer den Apparat im einzelnen kennt. Einen Laien nennt er jeden, der nicht nach dem Apparat, sondern nach der Leistung fragt. Der Fachmensch ist zufrieden, wenn der Apparat in Ordnung ist. Der Laie hätte stets Lust, auch einmal den Apparat zu wechseln. Man weist mir nach, daß der Apparat in Ordnung ist. Aber ich frage wieder: Warum seid ihr, nach der Meinung euerer eigenen Leute, nicht alles, was ihr sein könntet? Man antwortet mir: Weil es sich nicht rentiert! Und rechnet mir vor, daß wir uns mit den nordischen Gesellschaften nicht messen können, denn diese haben den amerikanischen Handel und das Geschäft mit den Auswanderern voraus. Und nun Zahlen, ganze starre Reihen drohend aufgereckter Zahlen. Zahlen beweisen! Ja, dem Kaufmann. Seid ihr Kaufleute? Ist die Schiffahrt eines Landes ein Geschäft? Gehört sie nicht vielmehr zu den moralischen Dingen? Rentieren sich Armee und Flotte? Rentieren sie sich kaufmännisch? Baut man eine Bahn nur, wenn bewiesen ist, daß sie sich rentieren muß? Versteht ihr nicht, daß die Schiffahrt eines Landes ein Ausdruck seiner Macht und seines Willens ist? Die Schiffahrt kann Geld einbringen. Aber auch moralische Dinge: Mut, Stolz, Lust kann sie bringen. Und Mut, Stolz, Lust kreisen dann im Lande, bis zuletzt auch aus ihnen wieder Geld wird. Freilich sagt der Lloyd mit Recht: Ich bin ein privates Unternehmen, ich kann nicht mein Geld hergeben, damit es irgendwo zuletzt zum Gelde eines anderen werde. Er hat recht, aber der Staat hat unrecht, der nicht einsieht, daß die Schiffahrt ein Brunnen öffentlicher Energie, des Selbstvertrauens und der Tatenlust sein kann. Den Schiffen eines Landes sieht man an, ob es ein kleinmütiges oder ein hochgesinntes Land ist.

Nun ist ja Derschatta Präsident des Lloyd geworden. Noch diesen Monat soll er antreten. Wird er helfen? Ist er der Mann, das Verzagen der Routine zu besiegen? Die Kapitäne des Lloyd sind die besten der Welt. Aber in der Direktion des Lloyd steckt etwas viel Assessorismus. Es kommt darauf an, den Lloyd nicht von der Kanzlei, sondern von den Schiffen aus zu leiten. Ein großer Kaufmann mit einem unbändigen österreichischen Hochmut gehörte her. Wie Bruck einer war (einer von den paar wirklich Großen in Österreich, der denn dafür auch dann von der Verleumdung erwürgt worden ist). Hat Derschatta dazu die Kraft? Er war einst eine österreichische Hoffnung. Ich kannte ihn, zwanzig Jahre ist es her, ich war damals Freiwilliger, abends ging ich aus der Kaserne gern ins Spatenbräu, da saß er mit Steinwender. Derschatta, der Steirer, Steinwender, der Kärntner, Sylvester in Salzburg, Beurle und der junge Löcker in Linz, die hatten damals das Vertrauen der Jugend. Von ihnen erwarteten wir die Kraft, das deutsche Bürgertum aufrecht und selbstvoll zu machen. Vor zwanzig Jahren war das. Sie haben alle viel erreicht, aber das deutsche Bürgertum nichts. Und merkwürdig ist nur, wie jeder von ihnen auf einmal aus dem Politischen abschwenkt, um sich eine Wirksamkeit im Sachlichen zu suchen, gleichsam eine Nische, um dort seine Tatkraft unterzustellen. Es kommt plötzlich die Leidenschaft über sie, etwas zu leisten, etwas zu tun. So treten sie aus dem Politischen aus, denn da scheint ihnen dies unmöglich. Merkwürdiges Land, wo die besten Politiker, um wirken zu können (wenn sie es nicht vorziehen, Eigenbrödler oder Sonderlinge zu werden, wie Steinwender), aus der Politik austreten müssen, vor Angst, sich zu vergeuden, vor Sehnsucht nach einer Wirklichkeit für ihre Kraft, und wo nur die ganz unfähigen Politiker sich behaupten können! Die Frage für den Lloyd ist nun, ob Derschatta bei ihm bloß einfach in Pension gehen will oder dort ein Gebiet für seine Kraft sucht. Er hat Kraft. Leider aber hat er auch Verstand, und zwar solchen von der bösen Art, die, mit dem Elend und der Schmach unserer Verwaltung bekannt, ungläubig, hoffnungslos und furchtsam macht. Seine ganze Generation hat Österreich aufgegeben. Sie verzichtet. Jeder will sich nur irgendwie noch zu einer Wirkung im kleinen retten. Im kleinen fortzuwerkeln; sonst wissen sie sich keinen Ausweg mehr. Der Lloyd aber hätte einen Phantasten nötig, der an das Unmögliche glaubt.

Denn was bei uns unmöglich scheint, ist das Wirkliche. Und zu helfen ist uns überall nur durch Romantiker, die man auf die Wirklichkeit losläßt; das Romantische wird ihnen durch die Wirklichkeit dann schon ausgetrieben. Und wenn nun Derschatta, vielleicht, statt der verzichtenden Gescheitheit, vielleicht, die andere Gescheitheit wählt, eine nämlich, die sich, aus Einsicht ins Notwendige, zwingt, das Vermessene zu wagen, könnte der Lloyd wieder hoffen, vielleicht. Er müßte sich nur dann auch abgewöhnen, verbindlich zu sein. Denn der Lloyd braucht eine rauhe Hand mit einem starken Besen. Für feine Finger ist diese grobe Arbeit nichts.

Nachmittag mit einem der liebenswürdigen Herren vom Lloyd nach Opcina hinauf. Wie wir auf der Piazza della Caserma in die Elektrische steigen, fällt mir drin, unter armen Leuten sitzend, Marktweibern mit großen Körben und Dienstmädchen in fransigen Tüchern, ein hochgewachsener stämmiger Herr auf, der mich irgendwie von fern an den bulgarischen Fürsten erinnert, mit einer Dame, die einmal sehr schön gewesen sein muß. Ich höre, daß es der Statthalter ist, Prinz Hohenlohe, der vor einigen Jahren einmal ein paar Wochen Minister war, aber, als ihm zugemutet wurde, von seiner Meinung und vom Rechten abzustehen, lieber wieder ging. Seitdem heißt er der rote Prinz; eine Meinung zu haben gilt ja hier für anarchistisch. Seine Frau ist eine von den drei Schönborn-Mädeln, in die wir, vor zwanzig Jahren, als Studenten von weitem alle verliebt waren, in alle drei. Er, fünfundvierzig Jahre alt, unverbraucht, tätig und tüchtig, sitzt hier im Winkel und wünscht es sich nicht anders. Wenn in unsere Verwaltung einmal ein anständiger Mensch gerät, hat er nur den Wunsch, beiseite zu bleiben; keiner scheint der eigenen Anständigkeit zuzutrauen, daß sie die landesübliche Gemeinheit überwinden könnte. Er ist hier beliebt, den Leuten gefällt sein offenes, unverdrossenes Wesen. Auch die bösesten Italiener mögen ihn. Nur ist es freilich töricht, zu glauben, daß sie, weil sich einmal ein Statthalter verständig und natürlich beträgt, nun gleich versöhnt sein müßten. In Wien meint man immer, alles komme bloß vom bösen Willen der Untertanen her, den es nun durch Beredsamkeit, wohl auch allerhand Gefälligkeit, zu beschwichtigen gelte. Die Leute hier aber hätten den besten Willen, so bald es ihr Interesse wäre. Unsere Regierungen wissen noch immer nicht, daß es das Interesse ist, das die Menschen regiert. Wo's mir gut geht, oder wo ich mir einbilde, daß es mir gut gehe, da ist mein Vaterland, hurra! Wo's mir schlecht geht, an Leib oder Seele, wo mich hungert oder friert, wo ich nicht froh werden kann, da will ich fort, abbasso! Unsere Regierungen glauben es mit Orden zu machen, das ist zu idealistisch gedacht.

Oben, beim Obelisken, als wir den Wagen verlassen, tritt der Prinz auf mich zu, um mich zu begrüßen. Er ist sehr nett mit mir. Nur haben Aristokraten, wenn sie mit pöbelhaften Leuten nett sind, bei uns das, daß sie darüber selbst zu sehr gerührt sind; es treten ihnen über ihre Herablassung die Tränen in die Augen. Wer weiß übrigens, wie man selbst an ihrer Stelle wäre! Wir sind ja schließlich in einem Staat, wo heute noch der Fürst, der Graf ein höheres Wesen ist, nicht gesetzlich, aber wirklich, der Macht nach. Jedes Gespräch eines Adligen mit einem Bürger beruht eigentlich also auf einer Fiktion. Beide fingieren, daß die Rechtsungleichheit ausgelöscht sei. Beide wissen aber, daß sie das doch eben, um miteinander sprechen zu können, bloß fingieren. Und das macht beide verlegen. Der Fürst denkt: Ich bin doch sehr aufgeklärt, ich prügle diesen Bürger nicht, sondern spreche sogar mit ihm, wie mit einem Menschen! Und der Bürger denkt: Er könnte mich auch prügeln! Natürlich merkt man das dann der gegenseitigen Nettigkeit an. Ich glaube nicht, daß ein Lord und ein englischer Schneider, wenn sie miteinander sprechen, dies denken.

Wir stehen am Obelisken. Unter uns die Stadt, der Hafen mit Schiffen und Barken, den rauchenden Schlöten und den roten, gelben, braunen Segeln, das blaue Meer, die gelinde Bucht von Muggia, die grelle Küste bis Pirano, rechts aber der glitzernde Golf bis zu den Lagunen, weiß glänzt Grado, weiß der Turm von Aquileja her. Seestrandkiefern, Oliven und Wein. Hinter uns der Schnee der Karnischen und Julischen Alpen; der Mangard ragt, der Ternovaner Wald dunkelt, hell sind kleine Dörfer eingestreut. Rings um uns aber der steinige graue Karst, die Wüste. Dreihundertvierzig Meter sind wir hoch, das Meer atmet herauf, wie von Blüten ferner Inseln riecht die Luft, Schneewind springt aus den Bergen. Eine Alm am Meer. Ich sage: Hier könnten drei Sanatorien, fünf Hotels, siebenhundert Villen und zehntausend Engländer sein! Der Statthalter seufzt: Ja, was könnte hier nicht alles sein! Und Sie müßten erst Istrien kennen! Istrien kennt ja niemand, das ist wie ein Märchen! Ich sage: Also bauen Sie doch hier, Durchlaucht! Er antwortet, mit leisem Spott: Es ist ja eigentlich nicht der Beruf der Statthalterei, Hotels zu bauen.

Ich möchte nur wissen, was eigentlich der Beruf der Statthalterei ist, wenn es nicht ihr Beruf ist: Hotels zu bauen, Straßen zu bauen, Brücken zu bauen, Bahnen zu bauen, Schiffe zu bauen, alles zu bauen, was notwendig ist und was die Leute selbst nicht bauen, weil es ihnen an Einsicht, an Geld und an Zutrauen fehlt. Der Statthalter sagt: Was könnte hier nicht alles sein! Wenn er nun nicht der Statthalter, sondern ein Italiener wäre, so würde er sicher sagen: Was könnte hier nicht alles sein, wenn wir einen anderen Staat hätten! Und er wäre somit ein Irredentist.

Ich gehe dann, auf der Höhe, einen wunderschönen einsamen Weg durchs Gestein, den entzückten Blick auf Miramar und über das schäumende Meer hin, nach dem weinberühmten Prosecco und von dort nach Barcola hinab. Auf dem Meer verlischt der Tag, alles ist plötzlich groß und still geworden, ein ungeheurer Ernst steht auf der grauen Bahn der verstummten Bucht. Manchmal rollt ein Stein aus den Dolinen los, durch das ungeheure Schweigen.

Wie heißt der Weg, den wir gehen? Jetzt Stefanieweg, zur Erinnerung an einen Besuch der Kronprinzessin, aber das Volk nennt ihn immer noch den Napoleonweg. Napoleon? Ja, Napoleon war einmal in Triest, und dort oben, wo wir früher gestanden haben, stand auch er einst und sagte, nach Grignano hinzeigend: Hier gehört ein Weg her, ich will hier einen Weg, hier will ich gehen, wenn ich wiederkomme! Und der Weg war. Napoleon ist nicht wiedergekommen. Aber der Weg ist noch immer da. Nur ein bißchen steinicht und verwahrlost ist er jetzt.

Ich erinnere mich, im Memorial einmal gelesen zu haben, wie Napoleon von einem Begleiter gefragt wird, warum er ihm denn einst irgendeine Kommission zugewiesen, von der der Begleiter nichts verstanden. Nun, antwortet der Cäsar, ist sie dir nicht gelungen? Ja, sagt der Begleiter, aber ich wundere mich noch heute. Siehst du, sagt Napoleon, es kommt eben gar nicht darauf an, daß einer eine Sache gelernt hat, sondern darauf, daß er überhaupt Verstand hat; dem Dummen nutzt es nichts, sie gelernt zu haben, und der Gescheite hat es gar nicht erst nötig. – Napoleon wußte, daß man etwas noch lange nicht kann, wenn man es kennt. Kenntnisse kann man sich jeden Moment verschaffen, Bücher und Lehrer sind überall, aber das Können muß man haben. Wir verwenden »gelernte« Leute, er zog gescheite Leute vor. Worin er dem Hofrat Burckhard gleicht, der auch gern sagt, daß er sich ein Haus lieber von einem begabten Schneider als von einem dummen Architekten bauen und einen Katarrh lieber von einem klugen Briefträger als von einem albernen Arzt behandeln läßt. Aber unser Land wird durch Fachleute verheert. Ein Fachmann ist, wer etwas gelernt hat und es nicht versteht.

Nun schreiten wir am Meer, das Wasser gluckst, der Abend schwebt mit schwarzen Schwingen. Ich denke still bei mir an unser Land, an unsere Leute. Wenn man sie reden hört, ist immer der andere schuld. Jeder will das Beste, aber an dem anderen fehlt's. Und jeder will zunächst den anderen ändern, das scheint ihm das Wichtigste; er kümmert sich um den anderen viel mehr als um sich selbst. Und wir haben auch eine merkwürdige Art von Egoismus im Land. Sonst will ein Egoist, daß es ihm so gut als möglich gehe. Hier nicht. Hier kommt es dem Menschen weniger darauf an, daß es ihm gut gehe, als darauf, daß es dem anderen schlecht gehe. Das nennt man den nationalen Kampf. Auch wollen sie nichts wagen. Sie wollen »sicher« gehen. Lieber ein sicheres Elend als ein ungewisses Glück. Und dann diese österreichische Todesangst vor jeder Veränderung, oben und unten. Nur im Gewohnten bleiben! Warten wir lieber noch ein bissel! Der psychische Apparat scheint schlecht geschmiert und knarrt, wenn er sich bewegen soll. Wenn man in Wien, um Licht und Luft zu kriegen, irgendein altes Haus fällen muß, weinen alle. Und so warten wir immer lieber noch ein bissel. – Man darf schließlich auch gegen die Regierung nicht ungerecht sein. Ihr ärgster Fehler ist, daß sie volkstümlich ist. Sie gleicht unserem Volke. Wir hätten eine nötig, die fremdartig wäre. Wir müßten einmal einen ungemütlichen Regenten haben.

Und dann irren durch dieses Land solche Querulanten wie ich, ruhelos, die voll Zorn sind, an ein starkes Österreich glauben und es suchen gehen, während der Abend mit seinen großen schwarzen Augen über das glucksende Wasser schaut.

4.

Mein Schiff heißt Baron Gautsch, der Kapitän Zamara. Er sieht halb wie ein Verführer, halb wie ein Verschwörer und ganz wie ein Gebieter aus. Don Juan und Orsini und Tegetthoff, von jedem grad so viel, daß die Mischung alle Frauen beben macht, was ja zu seinen Obliegenheiten gehört. Der Rasse nach ein Spanier, die Eltern haben in Mailand gelebt, er spricht Italienisch, Kroatisch, Deutsch, Französisch und Englisch; alles zusammen gibt einen echten Österreicher, an dem man seine Freude hat. Gewandt, gelenk, geschwind, munter, herrisch und gutmütig. Und man fühlt, daß er gewiß bei sich noch ganz anders ist, als er sich gibt. So gut zusammengemischte Menschen haben immer einen doppelten Boden. – Ich beneide ihn um seine Geduld. Die Wiener haben nämlich die Gewohnheit, sich statt an den Kellner in allen Fällen an den Kapitän zu wenden. Erstens, weil es wienerisch ist, Fragen immer an den zu richten, den sie nichts angehen. Zweitens, weil der Wiener Ehrgeiz hat und sich sozial gehoben fühlt, wenn der Kommandant mit ihm spricht. Deshalb will der Wiener auch durchaus auf die Brücke. Es interessiert ihn weiter gar nicht. Aber er will etwas, was nicht jeder haben kann. Und womöglich etwas, was verboten ist. Man sollte verbieten, Steuern zu zahlen. Dann wäre der Wiener begeistert dafür.

Ein bildhübsches lustiges Mädel schießt auf dem Schiff herum. Ein junger Herr macht sich an sie. Sie ist zuerst ein bißchen verlegen. Aber der junge Herr hat die Gewohnheit, nach jedem Satz, den er sagt, zu krähen. Er sagt: Jetzt geht's gleich los und aufs hohe Meer hinaus! Dann verschluckt er seine Augen, die Wangen breiten sich grinsend aus und er kräht. Er sagt: Adieu, Triest, adieu! Und wieder ertrinken die Augen, die Wangen wogen und er kräht. Er sagt: Sind Fräulein schon einmal seekrank gewesen? Augen weg,

Wangen auf und er kräht. Ich frage mich: Warum kräht er? Er hat aber recht. Denn bevor er noch zum viertenmal gekräht hat, ist ihm das Mädchen schon zugetan. Sie lacht vergnügt. Ich frage mich: Warum lacht sie? Sein Krähen und ihr Lachen müssen irgendwie geheimnisvoll zusammenhängen. Der Hahn in jungen Männern scheint dem Seelenohr junger Mädchen wohl zu klingen.

Ein geistlicher Herr sonnt sich. Groß, alt, schwer, und mit so einem knöchernen mühsamen faltigen Gesicht, das rundherum aus Schnupftabak zu bestehen scheint. Seine Stimme hat was Streichelndes, und sie spritzt einen gleichsam immer mit Weihwasser an. Er reist nach Lussin. Ein bißchen Ruhe und ein bißchen Sonne brauch ich, sagt er, die harten Bauernhände faltend. Ich kann mir lange nicht erklären, was mich so zu dem Alten zieht; er heimelt mich an. Bis mir einfällt, daß er ein bißchen dem Ozzelberger ähnlich sieht, dem Florianer, von dem wir im Linzer Gymnasium Griechisch lernten. Gern aber sprach er, in den Xenophon hinein, von der Sünde. Da hörten wir Buben mit Leidenschaft zu, das Griechische war weit weniger interessant. Zwar erfuhr man nie, was es eigentlich mit der Sünde war, aber er hatte eine solche Macht, drohende Worte schwer und schwarz wie wütende Wolken aufzuballen, daß einem davon höchst seltsam gruselte, den kalten Rücken hinab. Uns wurde kitzelnd bang, wie beim Klettern. Ihm muß auch ganz warm geworden sein, das sah man. Noch steht er mir in der Erinnerung da, die knollige, braun tropfende Nase witternd aufgespreizt, mit dem großen derben Finger drohend, das zerknitterte Gesicht in Angst und Zorn. Dann fiel die dicke Haut seiner runzligen Lider zu, so daß er gleichsam mit den Augen zu seufzen schien. Und nun krachten aus seinem bösen Mund mit den hängenden Lippen, die, wenn er sich ereiferte, kleine weiße Blasen hatten, Drohungen und Verwünschungen, gegen die Sünde, Wollust und Unzucht. Wir duckten uns, zogen den Atem ein und hörten zu, wie bei einem furchtbar schönen, unbegreiflichen Gewitter. Dann schwang er sein blaues fleckiges Tuch und jetzt ging es wieder zu den Verben auf μι zurück. Mein größter Eindruck war, als er uns einmal fluchend zurief: Unzucht krümmt die Rücken, hat Aristophanes gesagt! Das kam mir höchst merkwürdig vor, und seitdem sah ich mir auf der Gasse jeden an, ob er einen krummen Rücken hätte. Meine Eltern waren mit einem alten Hofrat gut, einem sehr freundlichen, schon etwas zittrigen und schiefen alten Herrn. Er ging gern mit uns spazieren. Kehrten wir dann heim und er empfahl sich an unserem Tor, wobei er vor Höflichkeit noch mehr zusammensank, so sah ich ihm nach und sagte stets: Unzucht krümmt die Rücken, Mama! Da wurde meine arme Mama manchmal sehr bös.

Seltsam ist es, so einem alten Herrn, wie diesem guten Pfarrer, klagen zuzuhören. Hart ist sein Leben und hat nichts als Mühsal. Und wenn man altert, hört auch die Hoffnung auf. Man weiß, es wird nicht mehr anders. Man weiß, Leben ist Leiden. So sagt er. Und hat doch offenbar nichts im Sinn, als nur sich dieses Leiden noch auf viele Jahre zu verlängern. Nur ein bißchen Ruhe und ein bißchen Sonne brauch ich halt, sagt er immer wieder. Wozu? Um die Mühsal wieder ein Stück weiter zu tragen, nur immer noch weiter.

Zwei Offiziere, von Prag nach Cattaro versetzt, ein deutschnationaler Gemeinderat aus Innsbruck mit seiner Tochter, ein altes Ehepaar, das nach Gravosa geht. Wir sind kein Dutzend auf dem großen Schiff. Die Fremden, heißt's, fürchten den Krieg. Sie fürchten wohl mehr die Wanzen der dalmatinischen Hotels.

Es ist kalt. Die Sonne taucht mit blassen Strahlen aus dem Dunst. Der Wind flattert in kleinen kurzen knatternden Stößen. Wir sind an Muggia, Capo d'Istria und Pirano vorbei, es erscheinen Parenzo und Rovigno. Wenn man so vorüberkommt, ist's wie ein ausgestorbenes Land. Die Städte sehen verlassen und verfallen aus, als hätte der Feind hier gehaust und alles zertreten. Schön sind die spitzen Türme, die den Heiligen der Stadt tragen, in Parenzo den heiligen Georg, in Rovigno die heilige Euphemia. Alles hat venezianisches Wesen. Hinten ragt der Monte Maggiore.

Und die großen gelben Segel der frechen Chioggioten! Überall schwärmen sie. Es macht ihnen Spaß, hart vor dem großen Dampfer zu kreuzen. Weiß klatscht das Wasser ins tanzende Boot. Lachend steht ein wilder brauner Kerl darin und singt. Grau schießt ein Torpedo durch die spritzende Flut, wie ein Aal. Hinter ihm fliegt in langen Tönen das Lied des lachenden Chioggioten her.

Nun sind wir im Kanal von Fasana. Brioni wird sichtbar, Kupelwiesers Reich. Da lacht mir das Herz.

Bis vor ein paar Jahren sagte man in Pola: Unser Fluch ist Brioni, da liegt dieser Herd der Malaria vor uns und verpestet alles! Beamte waren in Pola und Admiräle waren in Pola und Generäle waren in Pola, und alle sagten: Dieses verfluchte Brioni, mit der Malaria! Sagten es und taten nichts. Bis der Kupelwieser kam. Das ist nämlich noch unser einziges Glück in Österreich, daß doch von Zeit zu Zeit immer wieder ein Kupelwieser kommt. Schüler war auch so einer, der Direktor der Südbahn, der daneben mit der linken Hand den Semmering und das Ampezzo und Abbazia erschaffen hat. Und Christomanos ist auch einer, von ihm sind die Berghotels in Tirol. Das sind Menschen mit sehenden Augen. Sie sehen dem Boden an, was er will und kann. Sie sehen die Möglichkeiten. Und dann reden sie nicht viel, sondern es geschieht.

Ein Kupelwieser, der Leopold, war ein bekannter Wiener Maler in der Schubert-Zeit. Er hat die Mode der Nazarener mitgemacht und Kirchen ausgemalt; der Hof hat ihm in den dreißiger Jahren Bilder zu Klopstocks Messias aufgetragen. Das alles ist recht langweilig. Aber auf der Schubert-

Ausstellung der Stadt Wien, 1897, waren Porträts von ihm zu sehen, da steht er auf einmal ganz anders da, mit treuen Augen und der ehrlichsten Hand. Die sind nun offenbar in der Familie geblieben, die treuen Augen und die ehrliche Hand. Der in Brioni hat sie auch. Er ist einer, der die Augen offen hat und Hand anlegt. Sein ganzes Leben ist Arbeit gewesen, als alter Mann hat er rasten wollen, das kann er aber nicht. Brioni war ein Sumpf, er kam, jetzt ist es ein Eiland in Blüten und Früchten. Anfangs hat's geheißen: Er ist ein Narr! Jetzt gedeiht Wein und Gemüse dort, Fremde drängen sich, die Insel wird reich. Da heißt's: Der versteht sein Geschäft! Nun sollte man meinen, daß, wer einmal so bewiesen hat, was er kann, fortan doch das Vertrauen der Menschen hätte. Nein. Er plant jetzt den Hafen von Medolino. Das ist im Südosten Istriens eine breite Bucht, die hat er aufgekauft. Und wieder heißt's: Er ist ein Narr! Er sagt: Pola kann nicht länger Kriegshafen und Handelshafen zugleich sein, beide wollen wachsen, und so würgt einer den anderen, also trennt sie doch, gleich um die Ecke habt ihr einen anderen Hafen, eben den von Medolino, macht ihn zum Handelshafen, den Kriegshafen laßt in Pola, dann können beide bis in den Himmel wachsen! Und er sagt noch: Wir brauchen einen Hafen für den dalmatinischen Verkehr, Triest ist zu weit, jetzt geht der nächste Weg über Fiume, also durch Ungarn, es ist unsinnig, daß Österreich keinen eigenen Weg nach seiner Provinz Dalmatien hat, drum nehmt Medolino! Mit denselben Gründen fordern die Abbazianer aber den Hafen von Preluka, knapp an der ungarischen Grenze. Statt nun zu sagen: Ihr habt beide recht, und ebenso den Hafen von Medolino wie den von Preluka zu bauen, weil der Mensch, wenn es Gott schon so gut mit ihm meint, sich dankbar zeigen soll, spielt man nach altem Brauch im Ministerium jetzt den einen gegen den anderen und redet sich bei diesem auf jenen aus, bis beide so verhetzt sein werden, daß am Ende jeder zufrieden sein wird, wenn nur der andere auch nichts hat. Dies ist das System der österreichischen Verwaltung. Man regiert dadurch, daß jeder seinen Gewinn im Schaden des Nachbarn sucht.

****

Wir sind in Pola. Indem wir langsam, an Riffen, Türmen, Schanzen, Stangen und den hohen Kriegsschiffen vorüber, einfahren, reißt der Wind die Wolken auf, die Sonne bricht aus, durch die Bogen der Arena blaut es. Mir ist es immer wieder ein Wunder, sie zu sehen. Der Römer hat stehen können; neben ihm ist jedes andere Volk zapplig. Und was er hinstellt, steht. Steht und läßt um sich die Zeiten laufen. Diese Arena und, weiter drüben, der Tempel des Augustus und, draußen, der Bogen, den Salvia Posthuma dem Tribunen Sergius, ihrem Gatten, für seinen illyrischen Sieg errichtet hat, dies alles steht da wie versteinerte Ewigkeit. Man kann sich gar nicht denken, daß es einmal nicht war. Und diese ganze schmutzige gelbe Stadt scheint daneben nur hingemalt, auf einer rissigen schwappenden Leinwand.

Nun wieder hinaus, am Kap Promontor vorüber auf den Scoglio Porer zu. Ein Leuchtturm ist da; und rund herum gerade noch so viel Platz, daß ein Mensch gemächlich schreiten kann. Da wohnt ein Wächter. Ob der einmal von Richard Strauß gehört hat? Wen der wählen mag? Ob der betet? Man hat mir erzählt, daß Julius Singer, der Vizepräsident des Lloyd, diesen einsamen Türmern zu Weihnachten Bücher schenkt. Ich fürchte nur, es werden nicht die richtigen sein. Ich möchte ihnen den Homer, Walt Whitman und Tolstoi schenken. Um jeden anderen wäre mir bang, auf solchem nackten Fels im Meer. Nur diese Dichter, die den Menschen ganz ins All auflösen, in Licht und Luft, in Sturm und Flut, könnten sich hier erwehren. Hier zu sitzen, mit sich allein, wie Thoreau in seiner Hütte saß! Ein Jahr lang, ganz entmenscht. Oder drei? Oder fünf? Wer weiß? Und still abzuwarten, was dann von einem noch übrig sein wird. Was dann in einem übrig bliebe, das wäre fester Grund. Darauf könnte man bauen. Doch solcher Mut setzt sich einem nur zwitschernd auf die Schulter, gleich aber ist er wieder fortgeflogen. Man ist mehr Bürger als Mensch.

Jetzt sind wir im argen Quarnero. Vor uns ist Cherso, kahl, steinig, grau. Dahinter läßt sich der Velebit ahnen. Die Sonne schlägt sich mit dem Regen. Jeden Augenblick verändert sich der Tag. Bald scheint's in den Bergen zu wettern, da wird es hell, aber schon schwärzt sich der Himmel wieder. Indem wir nun zwischen den Inseln passieren, zwischen Unie und Canidole mit dem sandigen Sansego durch, bricht sich vor uns das Licht am Horizont so, daß dort unten der Scoglio Asinello und die kleinen Riffe neben ihm über dem Wasser in der Luft zu schweben scheinen, wie von einer unsichtbaren Hand aus dem Wasser gehoben und in der Luft gehalten. Das Wasser ist von einem Grau, das in der Ferne fast lila wird; darauf liegt ein glitzerndes silbernes Band, darauf die Luft und darauf erst, über dem grauen Grund und über dem weißen Band, hängen in der aschigen Luft die kleinen Inseln, schwarzblaue Risse, ungeheuren, plötzlich im Fliegen erstarrten, aufgespießten Fischen gleich

In Lussin regnet's. Und auf der Riva der schauerliche Lärm! Lärm ist in jedem Hafen; in Patras und im Piräus schreit man noch mehr. Es gibt aber einen kaiserlich-königlich österreichischen Lärm, einen unnützen Lärm, einen verdrossenen, faulen, mechanischen Lärm, der so zuwider ist, weil er nur das Maul aufmacht und kein Temperament hat. Es ist derselbe Lärm wie in Ischl im Hotel Kreuz, wenn zu Mittag hundert hungrige Wiener ächzende Kellner an den Frackschösseln packen. Wie mir Lussin überhaupt immer den Eindruck macht: Ischl oder Aussee, plötzlich an das Meer versetzt; und das stimmt nicht. Aber man braucht dann freilich nur ein paar Schritte weg ins Land zu gehen, auf windstillem Weg unter leuchtenden Zitronen gegen Lussingrande hin, oder nach Cigale, und die lächerliche Vision von Wiener Café zerstiebt. Pinien, Opuncien, Agaven, blauer Rosmarin, der dunkle Lorbeer, die roten Eriken, Palmen, Orangen, Oleander, Ceratonien mit den rostigen Trauben und die weidengrauen Ölbäume. Und überall das ewige Meer, mit den scheckigen Segeln auf den blauen Wellen in der weißen Sonne.

Jetzt wird's lustig. Ein paar junge Herren von der Kriegsmarine sind eingestiegen. Sie lachen, necken die Offiziere mit ihrer Angst vor der Seekrankheit und erzählen Abenteuer. Es gibt ein Seelatein, wie's ein Jägerlatein gibt. Diese jungen Burschen sind voll Lust und Kraft; man merkt's ihnen an, daß sie sich gut geführt fühlen. Sie sprechen Italienisch, ein bißchen Kroatisch und jenes Armeedeutsch, das ein sublimiertes Wienerisch ist. Und sie sind immer so vergnügt! Sie spüren, daß in ihren Schiffen Österreich ist. So wirkt ein einziger wirklicher Mensch, wie Tegetthoff war, einer, der den Glauben an sich hat, in seiner Welt noch bis ins zweite und dritte Glied nach.

Der eine von ihnen ist ein Knirps mit einem sehr großen, breiten, glatt ausrasierten Gesicht, das, mit den heftig fragenden Augen, etwas kindisch Verwundertes hat. Herrisch stapft er knieweit auf dem Schiff herum, die Hände in den Taschen, mit schiefem Maul, und weiß alles. Er kennt jedes Riff beim Namen und hat alle geschichtlichen Daten. Er gehört zu den Menschen mit ausgemachten Wahrheiten. Wie er so vorn am Bug steht, definitiv hingespreizt, und in den Regen schaut, gleichsam abwägend, ob er es denn noch weiter regnen lassen soll, hat er sicher das Gefühl, in eine Schlacht zu fahren. Trotzdem wirkt er nicht komisch, der insolente Zwerg, weil man ihm ansieht, daß er in einer wirklichen Gefahr gewiß ebenso wäre, nur wahrscheinlich ruhiger als jetzt, wo ihn seine Phantasie plagt. Ich kann die kriegerische Brunst solcher Knaben schon verstehen. Sie sind wie junge Mädchen, denen der Mann fehlt. Man müßte nur für sie Gefahren suchen, die der Menschheit nützen. So lange die Demokratie keine Verwendung für den Dampf der bürgerlichen Jugend hat, für ihre Lust an Abenteuern, Drangsalen und Verwegenheiten, für ihre Spannung nach Explosionen, wird sie den jungen Leuten langweilig sein. Daher in Frankreich die Banden der jeunesse royale. Es hilft nichts, zu sagen: Die Menschheit ist heute so weit, daß sie keine Helden mehr braucht! Es gibt aber noch immer Menschen, die das Bedürfnis haben, Helden zu sein. Wie es immer noch Menschen gibt, die das Bedürfnis haben, Schwärmer zu sein. Was sollen sie mit sich anfangen? Ihr habt kein Ventil für sie, so laufen sie euch weg, unter die Soldaten und zu den Pfaffen. Aber die wirkliche Demokratie wird Platz für jede Menschenart haben. Ich kann mir meinen kleinen maritimen Siegfried da, mit den ovalen Beinen, nun einmal im Bureaudienst nicht denken. – Er vergilt mir übrigens meine Sympathie keineswegs. Er ist artig, aber sichtlich auf der Hut mit mir. Lange Haare sind ihm nicht geheuer, und er hat gehört, daß ich nach

Montenegro will; dies aber genügt jetzt hier, um ein Spion zu sein.

Inseln rechts und Inseln links. Hier Selve, Ulbo, Pago, dort Premuda, Skarda, Melada. Jetzt springt das dalmatinische Festland vor, wir sind im Kanal von Zara, den im Westen Sestrunj mit seinen Scoglien und die langgestreckte Insel Ugljan deckt.

Zara. Da sieht man zuerst nur eine lange weiße Wand. Nach und nach wird man gewahr, daß diese lange weiße Wand Häuser vorstellen soll. Es sind Bauten sozusagen sächlichen Geschlechtes. Man kann sich nicht denken, daß hier Männer oder Frauen und Menschen wohnen. Nein, Solneß, Heimstätten für Menschen können das nicht sein. Sie haben unseren ärarischen Stil. Wir haben ein Armeedeutsch und so haben wir auch einen ärarischen Stil. Sein Reiz besteht darin, daß er mit Stein den Anschein von Papier erweckt. Man glaubt zuerst: Das ist sicher nur eine Zeichnung! Merkwürdigerweise kann man aber in diese Zeichnung auch hineingehen und, wenn man es aushält, darin wohnen; schläft man ein, so wacht man in der Früh auf und hat einen Kopf aus Papiermaché, ich glaube sicher; es kann aber auch sein, daß diese Häuser in der Nacht, wenn das letzte Schiff fort ist, abgeräumt und sorgfältig zusammengeklappt und in ein Depot gelegt werden, wie Kulissen nach der Vorstellung, wenn es aus ist und finster wird. Das ist die berühmte Riva von Zara, der Stolz der österreichischen Verwaltung. Sie hat den Zweck, die alte Stadt Zara zu verstecken. Hinter ihr ist die alte Stadt Zara. Vor der alten Stadt ist eine österreichische Wand aufgestellt. Hinter der österreichischen Wand fängt der Orient an, unsere Zeit hört auf. So kann man sagen, daß diese Riva ihren Ruhm verdient, weil sie das Symbol unserer Verwaltung in Dalmatien ist. Diese besteht darin, das alte Land zu lassen, wie es ist, aber vorn eine österreichische Wand zu ziehen, damit man es nicht sieht. Und das genügt den Dalmatinern nun nicht, sondern sie verlangen, wirklich ein österreichisches Land zu werden. Das ist der Streit der österreichischen Verwaltung mit dem dalmatinischen Volk.

Ich habe ein sehr nettes Buch mit: Dalmatia, the land where East meets West by Maude M. Holbach. Die brave alte Engländerin, die es geschrieben hat, durchaus im frömmsten Glauben an unsere Behörden, reißt die Augen auf, wie sie hinter die weiße Wand in die alte Stadt Zara kommt, und ruft aus: This is no more Europe, no matter what the map may tell you! Und dann, wie sie die Morlaken auf dem Markt erblickt, mit den dunklen Gesichtern in weißen Tüchern, die rußigen Hände schwer beringt, die Füße in Opanken: At the first glance they seemed to me more like North American Indians than any European race! Ganz erschreckt staunt sie und kann es kaum begreifen, so fremd ist dieses Land!

Wir aber eignen es uns nicht an, sondern stellen eine weiße Wand auf, um es zu verdecken, und vor ihr spazieren die Beamten, und Militärmusik spielt.

Es gibt ein Zaratiner Museum, das in der alten Kirche San Donato untergebracht ist. Man hat in ihr eine Inschrift gefunden, die vermuten läßt, sie sei einst ein Tempel der Livia Augusta gewesen. Der wurde dann im 9. Jahrhundert umgebaut, um die Gebeine der heiligen Anastasia aufzunehmen, die der Bischof Donatus aus Byzanz mitbrachte, ein weltkluger Heiliger, der in den Händeln zwischen Karl dem Großen und dem Kaiser Nikephorus beiden zu dienen verstand. Vorrömisches, in Gräbern gefunden, illyrische Krüge, Leuchter und Münzen, Römisches, Inschriften und Schmuck, longobardisches Ornament und allerhand Mittelalter sind hier aufbewahrt und warten, bis einmal ein junger Archäologe kommen wird. Ich fand einst, nach Athen fahrend, Furtwängler auf dem Schiff. Er fragte mich: Warum gehen Euere jungen Leute nach Griechenland, während in Dalmatien noch alles zu tun bleibt? Ich antwortete: Man interessiert sich in Österreich mehr für Griechenland als für Dalmatien. Er sagte: Ach so!

Wir hätten jetzt in Wien einen, den jungen Doktor Hans Tietze. Das ist ein Schüler Wickhoffs und irgendeine Art von Genie. Er hat eine Topographie des politischen Bezirks Krems verfaßt, das schönste Buch, das in den letzten Jahren in Österreich erschienen ist; niemand kennt es. Hier wird Topographie zum erstenmal als Kunst betrieben. Dem müßte man sehr viel Geld geben und ihn auf drei Jahre nach Dalmatien schicken. Wir wüßten dann erst, was wir in Dalmatien haben.

Der Dom von Zara war zuerst eine Basilika. Davon ist nur eine einzige Säule noch übrig. Denn er wurde dann im 13. Jahrhundert völlig umgebaut, romanisch. Und später kam ein Erzbischof, der Valaresso hieß und ein Venezianer war. Darum gefiel ihm das Romanische nicht, er konnte seine Heimat nicht vergessen, mit dem Campanile, so ließ er einen solchen hier errichten. Ausgebaut wurde dieser erst in unserer Zeit, nach Skizzen Jacksons; ein Zeichen schöner Dankbarkeit, die man für sein gutes Buch über Dalmatien hat. (»Dalmatia, the Quarnero and Istria.« Das andere gute Buch über Dalmatien ist auch von einem Engländer: Adams »Ruins of Diocletian Palace at Spalato«. Dieses ist schon 1774 erschienen; jetzt wäre doch allmählich für ein österreichisches Zeit, also schickt schon den Tietze her!) Ein Zeichen schöner Dankbarkeit, gewiß, doch auch dieser ganz entkräfteten Zeit. Es wäre dem Valaresso nicht eingefallen, romanisch fortzubauen, sondern er hatte seinen eigenen Geschmack. Vergangenes auszudenken kann sich eine starke Gegenwart niemals bequemen, sondern sie setzt sich selbst her, ihrem eigenen Sinn gemäß, nach ihrer eigenen Art. Laßt uns Vergangenheiten in Museen ehren, leben aber wollen wir in unserem Eigentum! Auf dem Markt steht eine Säule hier, offenbar von einem römischen Tempel übrig. Ketten hängen daran, in der venezianischen Zeit wurden nämlich da die Verbrecher ausgestellt, es war der Pranger. Denn diese starke venezianische Zeit litt es nicht, daß irgend was Vergangenes unbenutzt in der Gegenwart herumstand.

Die Fassade des Doms ist übrigens unvergleichlich. Wie aus Sonnenschein gesponnen. Alles Gotische will immer über den Menschen hinaus, da fühlt er sich schon schuldig. Hier aber genießt er sich noch entzückt, und mit allen Werken loben seine Hände das Leben.

Sehr gern möchte ich von hier einmal landeinwärts, nach Zemunik, wo jetzt unter den armen Bauern in der Steinwüste Trappisten nisten. Wenn man nur ihren Namen hört, wird einem ganz unirdisch und weltstumm. Es sind aber tüchtige Landwirte, sie haben den modernen Betrieb eingeführt und nutzen die billige Menschenkraft aus. Und schließlich, ob es nun durch eine Berliner G. m. b. H. oder durch Karthäuser geschieht – wenn es nur geschieht, da es ja durch unsere Verwaltung doch nicht geschieht! Selbst von Mönchen kann man immerhin noch mehr Kultur erwarten, als unsere Verwaltung hat, und sie sind moderner.

****

Ich bleibe noch auf dem Deck, bis wir an Zaravecchia vorüber sind. Unsäglich traurig liegt es da. Ein Grab alter Herrlichkeiten. Einst hieß es Biograd, die weiße Stadt, und war unter kroatischen und ungarischen Königen groß. Nur Not und Schutt ist davon übrig. Und während ich im Dunkel stehe, muß ich denken: Wenn ich nun da geboren wäre und säße mit alten Büchern und läse von der versunkenen großen Zeit und hätte das Herz von den Taten meiner Ahnen voll und sähe mich dann um, auf die Not und auf den Schutt rings? Es ist noch ein Glück, daß die Leute hier nicht lesen und schreiben lernen. So wissen sie von ihrer Vergangenheit nichts. Scham und Zorn hätten ihnen sonst längst den Gehorsam ausgepeitscht. Wenn es aber einst doch geschieht, daß einige lesen lernen? Wenn ihnen einst ihre Vergangenheit erscheint? Wenn sie dann vergleichen, was sie waren und was sie sind, und die Frage steht in ihnen auf: Und jetzt, und jetzt, und jetzt?

Und plötzlich fällt mir ein: Wo sind die Deutschen? Wir haben doch Deutsche von der alten deutschen Art in Österreich. Wo bleiben sie? Deutsche Art war es von je, bedrängten Völkern beizustehen und kein Unrecht zu leiden, wo es sich auch zeige. In der ganzen Welt sind die Deutschen immer Krieger der Gerechtigkeit gewesen. So verlangt es unser Blut. Ich höre die deutsche Stimme der Väter in meinem Blut.

Aber die Nacht wird kalt, ich will lieber hinunter, zu den lustigen Offizieren.

5.

Ich erwache vom Geräusch des Stoppens. Ich kann doch kaum eine Stunde geschlafen haben, wir werden in Spalato sein. Aber durchs Fenster dringt es hell, dies weckt mich völlig auf. Ich habe neun Stunden geschlafen, wir sind in Gravosa. Noch klebt mir überall der Schlaf an. Solchen traumlosen, tief erstarrten, alles entseelenden Schlaf, aus dem man gleichsam erst wieder neu geboren werden muß, gibt mir nur das Meer. Und ich erwache dann mit einem wunderlichen Gefühl, wie nach einer moralischen Entfettungskur, als ob ich alle Vergangenheit ausgeschwitzt hätte und nun so leicht wäre, daß ich gleich auffliegen könnte, und über mich selbst hinweg.

Gravosa im Regen. So habe ich die Bucht noch nie gesehen. Es ist mir, wie wenn man eine frohe Frau, die man nur von Festen kennt, plötzlich in Trauer sieht. Denn wenn hier die Sonne scheint, ist es, als wäre der Sonnenschein Eigentum der Bucht. Nichts Linderes, Leiseres, Lieberes läßt sich denken als die heitere Zärtlichkeit, in der sie sich lächelnd wiegt. Zypressen und Pappeln schwärzen das Ufer, Villen blinzeln durch, stille Wege winken, der Wald steht auf dem Hügel, alles ruht. Von einer ganz eigenen Heiterkeit ist's, einer Heiterkeit im Winkel, die sich geborgen weiß, einer Heiterkeit, die zuweilen plötzlich warnend den Finger zu heben scheint, weil sie weiß, daß ganz nahe, gleich über dem grünen Hügel dort, das große Meer ist, in dem lauernd der Sturm liegt. Und in anderen Jahren, wenn ich hier an hellen Tagen in der stillen Sonne stand, war es mir immer ein Bild der Heiterkeit, die jetzt unser Geist sucht. Einer Heiterkeit, die zwischen Inseln geschützt liegt, rings ruht alles, sie dehnt sich im leisen Wind, aber der Hauch einer Angst schwebt über ihrem Glück, weil sie weiß, daß ganz nahe, hinter den grünen Inseln, der Tumult von Stürmen ist; und man sieht es ihrem Lächeln an.

Langsam fahren wir aus dem Hafen. Links die waldige Stille der Halbinsel Lapad, rechts die tiefe Bucht der breiten Ombla, unter kahlen Felsen. Wir drehen, immer dicht an der Küste von Lapad, erst nördlich, bald westlich von ihr, zwischen ihren dunklen Kiefern und den nackten, jähen, gelben Riffen der Pettini durch. Plötzlich ist die alte Stadt Ragusa vor uns da, mit ihren Felsen und ihren Wällen in das schäumende Meer tretend; und man weiß nicht, was Fels, was Wall ist, was gewachsen und was geschaffen, was von Ewigkeit und was das Werk der Zeiten ist; so wunderbar haben sich hier das Land und der Mensch die Hände gereicht. Das gibt dieser einzigen Stadt ihre Hoheit, die doch auf der ganzen Erde keine mehr hat. Lakroma erscheint; hier sieht es nur wie ein stiller Hain aus, man ahnt die Wunder seiner verwilderten Gärten nicht. Jetzt aber tritt alles zurück, die Stadt scheint sich in den Berg zu schieben, nur ein paar rote Dächer brennen noch aus seinem grauen Stein. Über San Giacomo schreit die Straße weiß; sie teilt sich, hier nach Trebinje steigend, dort ins Tal von Breno ziehend. Die Küste biegt sich ein, Sturm springt das Schiff an, es stößt, bäumt sich, sinkt, scheint bald zu schweben, bald zu stürzen und tanzt klatschend, zwischen den steilen Mauern der Wellen, die, bald vor ihm lauernd, bald aufbrechend, aus braunen Schlünden weiße Schäume schießen. Und mit ungeheuren Sprüngen setzt das Wasser manchmal plötzlich über uns, lacht noch schrill und ist schon zerstiebend wieder versunken.

Unseren armen Offizieren geht es übel. Bleich lehnen sie. Es ist gar nicht schön von mir, daß ich ihnen zusehe. Sonst bin ich nicht boshaft, aber es reizt mich, weil sie sich so schämen. Selbst auf hoher See noch, während das Schiff ächzt, das Wasser rast, der Sturm dröhnt, lassen sie den angelernten Begriff eines falschen Heldentums wider die Natur nicht fahren und weigern sich einzugestehen, daß sie doch auch Menschen sind. Da muß ich ihnen die Beschämung gönnen. Achill hat sich sicher nicht geschämt, in den Armen des Patroklos zu speien.

Zu ihrem Trost biegen wir schon zwischen der vorgeschobenen Punta d'Ostro, mit den steilen gelben Wänden, und dem Fort Mamola durch; oben glänzt ein einsamer Soldat auf Wache. Vor uns verengt es sich, Castelnuovo taucht aus dem Regen. Die großen Wellen verschlagen sich, sie können nicht mehr nach. Der stille weite See der glatten Bocche nimmt uns auf.

Uralte Mauern. In die Wogen hinein stand das Castello di mare, im Lande drin das Castello di terra. Dazwischen sind, in Gärten, jetzt die Häuser der hellen Stadt. Und hinten oben noch vier Türme; das ist das Fort spagnol. Jede Vergangenheit hat hier gehaust, jede hat ihr Zeichen gelassen. Venezianer, Spanier, Türken, wieder Venezianer, Malteser, bis dann wir gekommen sind. Und vor achtunddreißig Jahren fuhr ein vergessener österreichischer Dichter hier vorbei, mein Alexander von Warsberg, sah dies mit ahnungsvollen Augen an und schrieb, jener alten Abenteuer eingedenk, in sein Buch: »Man kann diese Schicksale nicht bedenken und das Schloß nicht sehen, ohne sich zu sagen, daß diesem Erdenflecke noch manches Ähnliche bevorstehe.«

Wir fahren, an Savina vorbei, einem uralten Kloster, das jetzt eine Art von serbischem Ober Sankt Veit ist, die Sommerresidenz des orthodoxen Bischofs von Cattaro, durch die Enge von Kombur in die behaglich ausgedehnte Bai von Tivat. Schon zeigt sich der Lovcen, der Berg von Montenegro. Vor uns aber sieht eine große Straße her, die sich langsam in die Berge windet, oben von zwei Forts bewacht, das ist der Weg in die Krivosije, zu den wilden Hirten mit den Opanken, den kurzen Hosen und dem braunen Tuch über dem rauhen Hemd, die, der Tracht und dem Sinn nach, unsere Schotten sind. Und, an Perasto vorüber, wo man sich, vor dem schlanken Campanile und gebräunten, in Verfall prunkenden Palästen, wirklich im Canal grande glaubt, sind wir in den Golf von Cattaro gelangt. Immer enger wird der See, immer häuslicher das Ufer, mit Dörfern überall, an grünen Höhen, vor uns aber droht die steile Wüste des montenegrinischen Gebirgs, mit dem verwegen in steilen Zacken zum Schnee klimmenden Weg.

Während wir landen, drängen sich die Träger heulend auf dem Kai, wie Räuber. Ich winke dem, der es am wildesten treibt. Er schreit wutentbrannt, schlägt sich in einem fort mit der Faust an die Brust, wie Alexander Strakosch, wenn er die Goneril verflucht, und springt kreischend, indem er zuweilen plötzlich den Zeigefinger spreizt, mit ihm auf das Schiff zielt und ihn dann in sein Herz stößt. Als er aber mein Zeichen erblickt hat, ist er sofort ganz still, läßt mich mit seinen guten braunen Augen nicht mehr los und nickt mir, während die Brücke gelegt wird, immer wieder zu, nur unbesorgt zu sein und Geduld zu haben. Und schon, bevor ich noch recht begreife, wie er durch das Gewühl gekommen sein kann, ist er mit einem Katzensprung bei mir, hat meine Sachen und indem vor seinen Fäusten alles auseinanderstiebt, bin ich schon mit ihm durchs Tor in die Stadt getreten. Seit er spricht, hat er gar nichts Wildes mehr, der Räuber ist ein frohes Kind. Ich sage, daß ich nach Montenegro will, nach Cetinje. Da bleibt er stehen, schlägt meinen Koffer an seine Brust und sagt, mit einem Freudenschrei: Ich bin aus Cetinje! Lachend sagt er das und sein Gesicht glänzt. Dreimal wiederholt er es: Ich bin aus Cetinje! Und dabei zeigt er immer nach den Bergen hin, in seiner Hand meinen Koffer reckend, empor zu den wilden Steinen. Jetzt sind wir die besten Freunde. Er erzählt mir von seinem Bruder, der Kutscher bei der Post nach Cetinje ist; er wird mich ihm empfehlen. Und dann stellt er sich mir vor und nennt sich: Milo Milosevič aus Cetinje! Er könnte nicht feierlicher sagen: Josef Kainz!

Er führt mich in einen schmierigen Raum, wo ein österreichisches Subjekt in Flöhen, mit irgendeiner Uniform, nach der es mir ein Finanzer scheint, meinen Paß verlangt. Und der genügt ihm noch nicht, sondern es versucht, mich auszufragen. Ich erinnere mich aber noch im rechten Augenblick, daß unser Otto Lecher immer sagt: In Östreich hilft nur schreien! Und ich schreie. Und siehe, der Otto Lecher hat immer recht, es hilft auch hier, der Flohmensch wird höflich. Weil doch in Österreich eine Amtsperson nie weiß, ob der Untertan nicht vielleicht einen Hofrat zum Onkel hat, wodurch er ja dann eben aufhört, ein Untertan zu sein. Danke, lieber Otto Lecher!

Und nun schultert Milo Milosevič meine Koffer wieder, wir eilen zur Post. Aber die Post geht nicht, der Weg ist verschneit, sie kann nicht über den Paß. Ich will es gar nicht glauben: Die Post geht nicht, wirklich nicht? Nein, schon seit drei Tagen nicht! Ich sehe Milo Milosevič an. Es ist zu hübsch, wie er den Erstaunten spielt. Sprachlos, wie gelähmt, fassungslos steht er da, schnappt mit Lippen und Augen und Händen und kanns nicht begreifen. Ich frage:

Schon gestern ist sie nicht gegangen? Er sagt: Nein, gestern nicht! Ich frage: Und vorgestern auch nicht? Er sagt: Vorgestern auch nicht! Ich: Schon die ganzen Tage nicht? Er: Schon die ganzen Tage nicht! Plötzlich aber tritt er ganz dicht an mich heran, zeigt in die Berge, nickt geheimnisvoll, und als hätte er die größte Entdeckung gemacht, die er keinem Menschen auf der Welt als mir anvertrauen wollte, sagt er: Weil nämlich der Paß verschneit ist! Ich muß lachen und frage nur noch: Und du hast nicht gewußt, daß sie auch heute nicht geht? Er sieht mir in die Augen und sagt: Man kann nie wissen, Exzellenz! Als ob er der Bernard Shaw wäre, so rätselhaft schicksalsvoll sagt er das.

Wir haben gerade noch Zeit, das Schiff zu erreichen. Ich will nach Ragusa zurück, um dort abzuwarten, bis man wieder über den Paß können wird. In Cattaro mag ich nicht bleiben, als Zivilist muß man hier zu bescheiden sein. (Ich könnte mich ja freilich von Milo Milosevič in die besseren Kreise einführen lassen.) So gehen wir wieder durch die Gäßchen, wo bald ein alter Balkon, bald in einem verlassenen Hof eine wunderlich barocke Figur Erinnerungen bewahrt, an dem Uhrturm mit seinem römischen Altar vorbei, durch das Tor, auf dem der venezianische Löwe unter dem österreichischen Adler sitzt. Vor dem Schiffe bleibe ich stehen, um meinen Freund feierlich anzusprechen: Milo Milosevič, was bin ich schuldig? Er antwortet geschwind, gar nicht feierlich: Drei Kronen! Er sagt es lässig. Wie man eine selbstverständliche Wahrheit ausspricht. Wie man sagt: Zwei mal zwei ist vier. Gleichgültig, verächtlich und fast ein bißchen ärgerlich, von einer solchen Bagatelle zu reden. Aber seine Augen schielen und das Gesicht wäre bereit, mit sich handeln zu lassen. Ich erwidere, hart: Nein! Er schrickt zusammen und wiederholt, tief erstaunt fragend: Drei Kronen, Herr Baron? Und noch einmal klingt sein Staunen klagend in den stillen Regen: Herr Baron? Ich wiederhole: Nein! Er sieht mich mit seinen braunen Augen schwermütig an, läßt den Koffer von der Schulter fallen und setzt sich darauf. Da sitzt er jetzt vor mir, stumm in seinem Schicksal. Er bleibt aber nicht stumm, sondern mit einer unbeschreiblich rapiden Beredsamkeit erzählt er mir sein Leben; und wie heuer gar keine Fremden kommen und Krieg droht und Not ist. Und immer wieder fragt er mich, klagend: Herr Baron? Ich gehe zur Brücke. Er nimmt wieder meinen Koffer und kommt mir gehorsam nach. Er tippt mich auf die Schulter und schlägt mir vor, ihm bloß zwei Kronen zu zahlen, aber noch eine zu schenken, weil er ja mein Freund ist, amico. Ich drehe mich um und sage wieder: Nein! Er sticht mit dem Finger in sein Herz und sagt: Amico. Ich sage: Nein, es geht wirklich nicht, drei Kronen, nein! Er wiederholt, klagend: Herr Baron, drei Kronen? Ich wiederhole: Drei Kronen, nein, es geht nicht, drei Kronen ist zu wenig! Er duckt sich und steht horchend, die braunen Augen fallen zu. Ich sage noch einmal: Drei Kronen, nein! Er steht, wie wenn ein Erdbeben gewesen wäre. Und ich sage noch, mit meinem bösesten Gesicht und wie man ein letztes Angebot macht: Vier Kronen, meinetwegen! Milo

Milosevič spricht kein Wort. Ich überreiche ihm fünf Kronen und sage, zornig: Und jetzt marsch, va via! Da fängt er, in jeder Hand einen meiner Koffer, auf der Brücke zu tanzen an und dreht sich rund herum und lacht. Ich bin schon auf dem Schiff, er tritt zu mir und streichelt leise meinen Arm und lacht. Und lachend sagt er nur immer: Herr Graf, Herr Graf! Plötzlich aber zeigt er, mit den Händen ausstoßend, zu den wilden Bergen hinauf und sagt: Ich bin aus Cetinje! Als ob er mir sagen wollte: Du hast recht getan, du hast mich erkannt, ich bin einer, der es verdient! Und er zwingt mich, mir seinen Namen aufzuschreiben, er buchstabiert mir ihn vor, und ich soll nie vergessen, daß ich jetzt einen Freund in Cattaro habe! Ganz still geht er dann ans Land zurück und steht dort noch und seine Augen bleiben noch die ganze Zeit bei mir.

Ich bin oben, beim Kapitän, der Abfahrt zuzusehen. Einer unserer Matrosen fällt mir auf, der noch auf dem Kai steht, bei einer armen alten Frau und einem armen alten Mann. Er hält ihre Hände, lacht sie an und küßt sie ab, bald den Mann und bald die Frau. Der Kapitän sagt: »Der kann sich wieder nicht trennen! Das ist die einzige Freude, die er hat, diese Stunde in Cattaro, zweimal die Woche. Da warten sein Vater und seine Mutter auf ihn und er bringt ihnen seinen Lohn mit!«

Seinen letzten Schrei stößt das Schiff aus, der Matrose reißt sich los, die Brücke fällt. Langsam wälzt es sich zurück und wendet sich langsam, stoßend und stöhnend. Seltsam ist es, wie die Bestie von Schiff anfangs immer nicht gehorchen will und sich zu wehren scheint. Und oben steht der Kapitän, nur ein kleiner schwarzer Punkt; und der kleine schwarze Punkt bändigt das ungeheure Tier. Oder eigentlich nicht der kleine schwarze Punkt, nicht der Kapitän, sondern Menschen an der Maschine, von denen wir gar nichts sehen und nur manchmal einer aus der Tiefe steigt, um seinen Eltern den Lohn zu bringen und ihre alten Hände zu küssen, zweimal die Woche.

Während wir kreisen, steht immer noch mein neuer Freund am Ufer, und seine guten braunen Augen sind bei mir, und manchmal ruft er, auf sich zeigend: Milo Milosevič! Und dann sticht er seinen Finger in das Herz und ruft: Amico! Ich zweifle nicht. Um eine Krone kann man hier wirklich einen Freund haben. Bei uns kostet es mehr. Und dann weiß man doch erst nicht.

Wir sind, kreisend, fast bis zum anderen Ufer gelangt, dort blicken wir zurück, und nun tut sich erst die ganze Macht der felsigen Öden über der Stadt auf. Wie mich diese Straße lockt, die Straße nach den schwarzen Bergen! Wie's mich zu diesen Menschen zieht, den Menschen in den schwarzen Bergen! Ich kenne nur wenige. In Ragusa war ich einmal mit einigen zusammen. Ich kann kaum sagen, was sie mir so lieb macht. Ich muß immer an die Welt des Wilhelm Tell denken. Oder auch an die Tiroler von 1809. Wenn Reinhardt einmal den Cymbelin machen wird, muß er her: hier sind

Guiderius und Arviragus auf allen Wegen. Wenn Belarius den Jungen schildert:

– Sitz' ich auf meinem Schemel und erzähle

Von Kampf und Sieg, gleich fliegt sein Feuergeist

Mir in die Rede... da strömt

Sein fürstlich Blut ihm in die Wang', er schwitzt,

Spannt jeden jungen Nerv, spielt in Geberden

Die Worte nach –,

das ist mir wirklich immer wie ein montenegrinisches Porträt, so sind sie hier, so flammen sie von tapferen Worten auf! Und indessen haut in Mariahilf bei der Birn, zur Zehnerjausen, der dicke Selcher auf den Tisch und brüllt, schwitzend von kriegerischem Furor: Der verfluchte Serb hat ja ka Kultur!

Vielleicht wird es notwendig sein, dieser Nation jetzt unsere Waffen zu zeigen. Wir sind bereit. Es geht mir aber nicht ein, warum wir dazu den Feind erst schmähen, verleumden und schlecht machen sollen. In allen Reden des Perikles gegen die Lakedämonier ist kein häßliches Wort über sie. Nicht sie zu höhnen, sondern sein eigenes Volk zu befestigen war sein Sinn. Denn, hat er gesagt, ich fürchte weit mehr unsere eigenen Fehler als die Pläne der Gegner. – Übrigens macht es ja der einzelne bei uns nicht anders. Keiner scheint fähig, ruhig seinen Willen zu behaupten, sondern jeder scheint dazu vor sich selbst gleichsam erst einer moralischen Entschuldigung zu bedürfen, der Gegner muß immer ein schlechter Kerl sein und die Lust am Gegner, den doch jeder braucht, um so sich selbst erst zu bejahen und erfüllen, ist hier unbekannt.

Ich tröste mich mit Warsberg. Der hat auch die Schönheit dieser Menschen gefühlt, die rauh und doch von der höchsten Anmut sind. Und er hat sie mit seiner unvergleichlichen stillen Kraft dargestellt: »Es ist, wenn man, wie ich, an einem Nachmittage den Zickzacksteig nach Montenegro hinaufklimmt und also die Sonne im Rücken, aber auf den Gesichtern der von oben herabsteigenden und glutvoll beschienenen Gestalten hat, als sei irgendeines unserer europäischen Museen lebendig geworden und alle die Statuen des Vatikans oder Louvre von dort flüchtig hierher ausgewandert, und als hätten sie sich nur etwas mehr bekleidet, vielleicht der Flucht wegen nur verkleidet oder wärmer angetan, und die Männer mehr bebartet um des rauhen Klima willen und der steinigen Pfade wegen. Nirgends kann man einen Begriff bekommen wie hier von dem, was lebendige Schönheit des Altertums gewesen sein müsse. Man lebt in Montenegro förmlich die Zeiten des Homeros und Phidias wieder, wenigstens was die Menschen betrifft und wie sie unsere Phantasie uns glauben läßt. Ich sah die Steine und Öde kaum und das ganze großartige Traurige und Tote der dortigen Landschaft vor diesen aus dem weißen Marmor zum warmen und bunten Leben erweckten antiken Statuenbildern. Und weil es hoch ist und feine Lüfte dort wehen, ich auch nur so kurz blieb, daß nichts der anderen Realität mich derb anfassen konnte, glaubte ich mich unter Göttern wandelnd.«

Aber wer kennt dies Buch? Wer unter uns kennt Warsberg noch? Wir schwärmen für Walter Pater, aber daß wir einen hatten, der seines Geistes auf unsere Art war, weiß keiner. In Österreich wird der Lebende nicht angehört, der Tote wird vergessen. Wir leben und sterben inkognito. Und so steht jede Jugend wieder einsam da und muß, mit ratloser Sehnsucht, die Welt noch einmal beginnen. Keiner kann keinem helfen, keiner wirkt, seine Tat sinkt mit jedem ins Grab, und wir bleiben verlassen.

Ich kann es kaum erwarten, in Gravosa zu sein. Denn nun weiß ich, es kommt wieder diese Fahrt im weißen Regen der blühenden Mandeln, links der graue Karst mit dem gelben Fort und rechts der schwarze Wald, Agaven beugen sich, Gärten glühen, unten glänzt das schwellende Meer! Ich weiß, das wird jetzt wieder sein! Ich weiß, ich werde das jetzt wieder haben! Und meine Hände strecken sich aus, und mich fiebert vor Ungeduld und lechzender Erwartung.

Ich muß rennen, ich muß reden, um mir nur die Zeit zu betäuben. Der Innsbrucker Gemeinderat ist noch da, der fährt gleich wieder nach Triest zurück, er will nur drei Tage seine Nerven einmal von der Stadt auslüften. Ich hänge mich an ihn, mit Reden und Fragen, um mich nur über die Zeit zu betrügen, bis ich wieder auf dem weißen Weg sein werde, zwischen den fahlen Felsen und dem grün an sanften Höhen hängenden Hain! Es ist ein redlicher, verständiger, städtischer Mann, und ich höre gern zu, wie sich seine Heimat jetzt aus dem Kleinen überall ins Weite regt. Jede Sorge, die draußen in der Welt die Menschen bewegt, schlägt auch ins Wesen seiner geschäftigen Stadt herein, wenn manche auch freilich, bis sie dort ankommt, zuweilen ein recht wunderliches Aussehen hat, und es macht mir Spaß, anzuhören, wie rasch Gedanken heute wandern; von Berlin nach Innsbruck ist es jetzt geistig gar nicht mehr so weit. Ich kann nur an diesen Menschen die Furcht um ihr Deutschtum nie verstehen. Der brave Mann hier, der sogar über die Sozialdemokraten vernünftig spricht, macht auch auf einmal ein erschrecktes Gesicht, indem er sagt: Ja, wenn nur aber die Sozialdemokraten national verläßlich wären! Ich frage: Was soll denn dem Deutschtum der deutschen Stadt Innsbruck geschehen? Er aber, mit finsteren Augenbraunen: Es besteht doch die nationale Gefahr! Ich: Wo, wie, wann? Da kommt's heraus, daß auch dieser ruhige Bürger gleich in Angst gerät, wenn auf der Gasse italienisch gesprochen wird. Sind wir wirklich so schwach? Ist wirklich das Deutschtum gleich bedroht, wenn unsere Kinder eine fremde Sprache hören? Trauen wir unserer eigenen Kraft so wenig zu? Und geht es denn immer bloß um die Sprache, geht es nicht vielmehr um den deutschen Sinn und unsere alte deutsche Stammesart? Ist es nicht wichtiger, diese südlichen und östlichen Völker einzuhauchen? Lassen wir doch in der weiten Welt die deutsche Seele für uns werben! In welcher Sprache sie dann wirkt, was kümmerts uns, wenn nur deutsches Wesen obenan in der Menschheit steht!

Endlich sind wir in Gravosa, endlich bin ich im Wagen. Und ich weiß: jetzt kommts, gleich werden wir jetzt auf der Höhe sein, links der kahle Berg und rechts der dunkle Wald und unter den nackten Agaven die gäschende Flut, gleich wird es wieder sein, gleich wird der Traum zur Wirklichkeit, und Frühling wird sein, denn hier ist immer Frühling, und ich werde mitten im Frühling sein, während aus glühenden Gärten die weißen Mandeln winken! Wie langsam sind meiner Ungeduld die gemächlichen Gäule! Ich kann es nicht mehr erwarten! Ewigkeit wird's mir, bis wir, an der gelben Kaserne mit den exerzierenden Soldaten vorbei, doch endlich, endlich, endlich auf der Höhe sind! Auf der Höhe, zwischen dem grellen Berg und dem dunklen Wald, über dem glitzernden Meer! Und ich kanns noch immer gar nicht glauben, daß ich das jetzt wieder haben soll! Aber da ist es, alles ist noch da, Berg und Wald und Meer und die schiefen Agaven über dem Abgrund und in den Gärten die schimmernden Mandeln und der ganze Frühling! Ich aber sitze ganz still und kann es nicht begreifen. Und ich sage mir die ganze Zeit: Was hast du denn, sei nicht so dumm, du hast es doch gewußt, warum denn heulen, du hast es doch gewußt! Aber nein, nein, ich habe nichts gewußt! Alles ist noch, wie es damals war, und doch ist mir alles, als wär's zum erstenmal!

Nun bin ich wieder auf dem Platz vor der Porta Pile, unter den Platanen und Maulbeerbäumen. Über den Häusern links droht, ganz oben, aus dem grauen, karg angegrünten Stein des Monte Sergio das breite, gelblich weiße Fort Imperial. Vor mir die Stadtmauer, nordwärts ansteigend zum Mincetaturm, während sie sich südwärts zur Seebastion Bokar auf jähen Klippen senkt. Bald ist sie ganz regengrau, bald von weißlichen Schimmern, hier rostig gefleckt, dort schwarz genäßt, mit gelben Heiligen in verwetterten Nischen; und aus dem wuchernden Graben ragen silbrige Pappeln, grüne Kiefern und dunkler Lorbeer auf. Von der Terrasse zwischen der Scuola Nautica und dem kleinen Café all' arciduca Federigo sieht man ins Meer hinab. Links die Mauer und die Bastion Bokar, rechts auf steilem Riff das Fort Lorenzo und in der Bucht noch ein ganz enger jäher Fels und daneben eine breite niedrige Bank; und über alle diese grauen und gelben und braunen Zinken und Zacken und Zulpen wirft sich das brandende, brausende, brodelnde Meer her.

Über die Brücke, durchs Tor in der Mauer. Man tritt in einen Zwinger, der sich, unter steilen Wänden, im leichten Bogen zu einem zweiten Tor senkt. Seltsam wirken die schwarzgelben Türen in dieser großen heroischen Impression; und seltsam ist es, wenn das Meer brüllt und plötzlich ein Trompeter ein Signal bläst. Nun aber, aus dem zweiten Tor tretend, hemmt man vor Entzücken den Schritt und steht und schaut: eine gerade, mäßig breite, trotzige Straße von stämmigen, wehrhaften und entschlossenen Häusern; und jedes dieser bräunlich glänzenden, gelb gescheckten, aus Steinwürfeln gefügten, streitbaren und bewaffneten Häuser steht hoffärtig für sich allein, jedes etwa drei Schritte vom nächsten weg, so daß überall enge Gassen entstehen, die sich dann, links und rechts, über Stiegen, den Berg hinauf fortsetzen. Das ist, von der Porta Pile zur Porta Ploce, Ragusas große Straße: der Stradone. Kein Trottoir. Mit großen Platten gepflastert. Man hat das Gefühl, durch einen langen schmalen Saal zu schreiten. Und irgendwie muß man immer an den Markusplatz denken. Ein enger, bedrängter Markusplatz scheints. Ein Gefahren abgerungener Markusplatz, der immer noch die Waffen in der Hand hält. Tanzsaal und Fechtsaal zugleich. So festlich als kriegerisch bereit. Das Leben jauchzt, aber an jeder Ecke steht der Tod.

Die Häuser sind niedrig. Anderthalb Stöcke. Unten meist vier runde Bogen mit Gewölben; darüber vier Fenster mit weiß oder grün gestrichenen Jalousien; und die Fenster im nächsten Stock sind kaum ein Drittel so groß. Alles sehr alt; aber ganz jung geblieben. Alles hell und rein. Alles froh und stark. Mit verbundenen Augen in diese Straße geführt, müßte man noch ihren Glanz fühlen. Und ein Fremder, hier aus einem verschlagenen Ballon gefallen, fragte sicher: In welcher Republik, bitte, bin ich hier?

Und unerklärlich bleibt mir, warum man sich denn hier immer in einer großen Stadt glaubt! Die steilen Gäßchen, links und rechts, den Berg hinauf und südwärts, sind in ihrer Enge, mit den bunten Fetzen, aus irgendeinem italienischen Dorf. Aber auf dem Stradone fühlt man sich in einer großen Stadt. Hier weht die Luft der weiten Welt herein. So stark ist die Vergangenheit hier hängen geblieben, daß man immer noch überall den Hauch der Geschichte spürt; und griechische und byzantinische und venezianische Herrlichkeit spricht mit königlichen Stimmen aus allen Steinen. Nach den Bergen und über das Meer hat diese Stadt einst ihre Waren in die weite Welt geschickt, der fünfte Karl war ihr so gnädig als Cromwell, der Pabst gab ihr seine Gunst wie der Sultan. Dies alles ist verweht, aber die Stadt Ragusa steht.

Heute ist die Republik Ragusa eine von den dreizehn Bezirkshauptmannschaften Dalmatiens, dem k. k. Statthalter in Zara untertan, mit einem Kreisgericht, einem Bezirksgericht und einer Finanzbezirksdirektion. Einst hatte die Stadt vierzigtausend Bewohner, jetzt hat sie, mit den Vorstädten, kaum achttausend. Aber es sind die alten Ragusäer, und ihre Geschichte lebt.

Und ich stehe noch immer, im zweiten Tor, und schaue nur, den Stradone hin, und schaue. Dann aber sagt es plötzlich in mir: Siehst du, in der Getreidegasse, wenn das zittrige Glockenspiel herüberklingt, und in den bunten Goldmacherhäuseln des Hradschin und vor dem Tuchhaus in Krakau, wo der Mickiewicz steht, und auf dem Platz in Trient, wo der Dante seine Hand zum Norden hebt, und in Bozen auf dem Platz des Vogelweiders und hier im Abglanz der Komnenen fühlst du dich zu Haus, dies alles ist dein Heim, dies alles zusammen erst bist du, siehst du jetzt, was ein Österreicher ist? Und ich stehe noch immer im zweiten Tor, über den Stradone schauend, die kleinen, festen, breiten Burgen entlang, und uralte Zeit ergreift mich im Sonnenschein, und ich bin froh.

****

Warsberg ist auch einst hier gestanden. Da hat er sich einen Geschichtsschreiber der glorreichen Stadt gewünscht. »Die Stadt, schrieb er, erscheint wie der Siegelabdruck ihrer Geschichte. So ganz die Vergangenheit verratend stellt sich vielleicht nur noch Venedig dar. Wie dort, hatte sich auch hier nichts neues beigemischt, und man sieht ein treues Bild dessen, was ehemals war. Eben deshalb, weil man immer wahre und zeitgemäße Bilder zur Illustration des Erzählten zur Hand hätte und dieses also beinahe ganz aus dem noch vorhandenen Leben selbst schöpfen könnte, dünkt mir die Geschichte Ragusas zu schreiben eine der bestechendsten und interessantesten Aufgaben. Ich meine eine Geschichte, die Fleisch und Blut, das Leben selbst, eine körperliche Darstellung, nicht eine langweilige, dunstige, bloße Aufzählung der Fakten wäre. Solche Monographien, gut geschrieben, sind heute das Eigentliche, was den Historikern noch erübrigt und daher aufliegt. Sie haben vor den früher üblichen Weltgeschichten das voraus, daß sie mehr individuelle Spannung und Teilnahme, einen festen Knochenbau und auch eine leidenschaftlichere Seele, mehr bunte Färbung und auch mehr Rücksicht für die Landschaft und den städtischen Hintergrund mit sich bringen und bedingen. Der Welthistoriker ist mehr Philosoph; der, welcher eine solche Einzelhistorie versucht, muß Maler und Künstler, auch Dichter und Romantiker sein. Dabei hätte die Monographie der Republik Ragusa noch das besondere Interesse, immer das Branden der Weltgeschichte mithören zu lassen; denn das Schicksal Ragusas war, ganz wie sein Stadtbild, nicht reich und großmächtig, aber wohlhabend und ansehnlich, und wie das Meer um seine Flanken liegt, so spülen hier alle großen Ereignisse unseres Mittelalters an.« Warsbergs Wunsch ist jetzt erfüllt. Der Graf Vojnovič erzählt die Geschichte seiner Vaterstadt.

****

Im Gehen fällt mir dann noch ein: dies allein, sich in solchen Extremen daheim zu fühlen, macht noch nicht den ganzen Österreicher aus, sondern dazu gehört noch, daß er sich in seinem Land überall immer mißhandelt und doch sonst nirgends wohl fühlt. Deshalb kann uns auch »draußen« keiner je verstehen. Was weiß man denn von uns in Europa? Jetzt reist einer herum, der unsere Landschaften draußen bekannt machen will. Schön. Aber es sollte dann auch einmal einer reisen, der Europa mit unserer Menschenart bekannt macht. Warum halten wir sie versteckt? Warum verstellen wir uns? Warum sind wir alle so bös, wenn einer sie verrät?

Abend wird's, der Korso beginnt. Die scharfen, beweglichen, gern ein wenig spöttischen Mienen eilig äugelnder Italienerinnen, die weichen, scheuen, gesenkten der zögernden slawischen Mädchen. Männer in weiten bauschigen Hosen, mit dem Turban, Messer in den breiten blauen oder tiefgrünen oder roten Binden. Blaue Mäntel, rote Mäntel. Bäuerinnen mit Kopftüchern, Brusttüchern, Schürzen in allen Farben, möglichst bunt, möglichst grell. Und dann wieder welche ganz weiß. Priester unter breiten schwarzen Hüten. Ein bärtiger Pope. Junge Serben mit sanften braunen Augen. Schlanker Albanesen ungeduldiger Schritt und das Säbelklirren gravitätisch schlendernder Kadetten. Langsam, zu dritt, Soldaten im gleichen Schritt, stumm und mit dumpf verwunderten Blicken.

Und dann sitzt man abends in diesem friedlichen Hotel Imperial an der Table d'hôte. Narzissen duften durch den hellen Saal. Eine alte Dame mit einem stillen, ganz weißen Gesicht hat Blüten mitgebracht, legt sie neben sich und streichelt sie. Und ganz glücklich sagt sie: Alles blüht schon! Ein Wiener gegenüber sagt: No ja, das schon, aber die Butter müssens aus Schärding bringen lassen, aus Schärding in Oberösterreich, ich bitt' Sie! Die alte Dame mit dem lieben feinen Gesicht erschrickt und sieht die weißen Blüten ganz ängstlich an, als wären sie schuld. Und rings am Tisch verstummen alle. Die Narzissen duften, das Licht glänzt an den Gläsern. Bis plötzlich eine junge Stimme schmetternd sagt: Wollen Sie wetten, daß in acht Tagen Krieg ist? Alle horchen auf und sehen hin, die Nachbarin des schmetternden Leutnants wird verlegen, er aber lacht und noch einmal schallt's über den Tisch: In acht Tagen ist Krieg! An einem Tischchen in der Ecke sitzt ein hagerer Herr im Frack, mit einem kahlen zerknitterten gelben Gesicht und einer exotischen, sehr geschmückten Dame. Jetzt sehen sie her, horchend; dann sehen sie sich an und lächeln. Der schmetternde Held aber, der spürt, daß ihm jetzt alle zuhören, hebt sein Glas zur errötenden Nachbarin und wieder hallt der stille Saal von Krieg.

Mich verdrießt das gelbe Gesicht des Fremden. Ich kann mir denken, was er sich denkt. Ich stelle mir vor, was ich im Ausland über einen Offizier dächte, der an der Table d'hôte den Krieg erklärt.

Ich weiß, daß in den letzten Jahren wahre Wunder in unserem Heer geschehen sind. Auch wer kein Militarist ist, darf die großen Schöpfer und Ordner unserer neuen Armee bewundern. Nirgends in Österreich ist mehr Arbeit geleistet worden, nirgends mit reinerem Sinn. Aber ich kann nicht aufstehen, um dem gelben Fremden in sein höhnisches Gesicht zu sagen: Lachen Sie nicht, wir haben die besten Generäle! Denn ich wäre stumm, wenn er mir antwortet: Sehr angenehm, aber warum erziehen sie dann ihre kleinen Leutnants nicht besser? Es hat mir den ganzen Abend verdorben.

6.

Der schönste Tag. Kalt und klar. Jetzt ist's wieder die gelbe Stadt am blauen Meer.

In den Gassen gebummelt, in Kirchen und Palästen. Dazwischen ein paar Besuche gemacht. So mit einem Bein in der Vergangenheit, mit dem anderen in der Zukunft. Denn das ist das Merkwürdige hier: es gibt keine Gegenwart! Überall steht groß: Es war einmal! Und in den Menschen treibts stark: Es wird einst wieder sein! In Erinnerung und in Erwartung leben sie hier. Von gestern auf morgen. Aber kein Heute haben sie. Eine tote Stadt, mit einer ungeborenen Stadt im Schoß.

Im Kreuzgang der Franziskaner. Man sieht auf eine wunderbar heitere Terrasse, über die der alte Campanile ragt. Die dünnen Säulchen, das lieblichste Maßwerk! Eine Statue des heiligen Franziskus in der Mitte des stillen Hofs, ein Bäumchen in der Ecke, mit Orangen schwer behangen, und blühende Rosen, gelb und rot. Ein junger Frater, mit lachenden Augen und blühenden Wangen, stark und derb, schlurft lässig auf und ab, in der Sonne. Vögel schreien. Und der unwahrscheinlich blau knallende Himmel.

Durch die Klausur, auf enger Stiege den Berg hinan, kommt man noch in einen zweiten Hof. Ganz klein, ganz still. Ein alter Brunnen unter einem Dach, Bäume, der Gang, die Mauern, eine Sonnenuhr, der Himmel. Und alles wie versunken, wie verstorben. Kein Laut, kein Hauch. Hier sind die Vögel still und der Wind verstummt. Nur die liebe Sonne scheint unverschämt herein.

Auch die Dominikaner, vor der Porta Ploce, haben einen wunderschönen Klosterhof. In ihrer Kirche wird ein Tizian und ein Vasari gezeigt, und der Mönch, der mich führt, ist besonders stolz auf einen Nicolo Ragusano. Mir geht's wie vor dem Tizian und dem Rafael im Dom (die wohl übrigens beide bloße Kopien sind): ich erschrecke fast, wie mir mit den Jahren alle Fähigkeit, mich in tote Bilder einzufühlen, entkommen ist; nur mein Verstand schaut sie noch an.

Aber vor dem Palast der Rektoren und vor der Dogana könnte ich tagelang stehen. Die haben das ewige Leben. Hier ist der unsterbliche Sinn eines großen Geschlechts aufbewahrt.

Man vergleicht sie gern mit dem Dogenpalast. Ich finde sie ganz anders. Sie sind gar nicht kokett, sie wollen nicht gefallen, sie schmeicheln nicht, sondern in ihrer festen Schönheit stehen sie da, kriegerisch zur Welt hin, um ihr einmal zu zeigen, was das Rechte ist; und die Lust, so zu sein, wie sie sind, lacht aus ihren stolzen Augen. Und ich erkenne hier wieder, daß die Menschheit in zwei Rassen geschieden ist: eine, die sein muß, was sie ist, die sich gar nicht denken kann, anders zu sein, die nichts braucht, weil sie alles an sich selbst hat, und so lange sie sich hat, weder Wunsch noch Furcht kennt, die Rasse der sicheren einsamen unschuldigen Heiden, die keine Gerechtigkeit kennen in ihrem starken Gewissen, Luft und Raum um sich fordern, keine Nähe vertragen; und eine der immer Fragenden, ewig an sich Zweifelnden, niemals Gewissen, die sich schämen, so zu sein, wie sie sind, die sich wünschen, anders zu sein, als sie sind, die sich fürchten, so zu sein, wie sie sind, die jeden bewundern, der anders ist, die jeden beneiden, der anders ist, die schmeicheln, die für sich um Verzeihung bitten, die gefallen möchten, die Rasse der aus Scham Anmutigen, aus Angst Mitleidigen, aus Neid Reuigen, der Suchenden und Irrenden, der an sich selber kranken, schlecht träumenden, vor sich selber flüchtigen Sünder. Und zwischen diesen beiden Rassen, zwischen den Menschen, denen in ihrem eigenen Wesen wohl ist, und den Menschen, denen vor ihrem eigenen Wesen bang ist, kann niemals Friede sein. Der Spaß aber ist nun, daß jedes Zeichen, das die erste von sich gibt, immer von der zweiten gleich ergriffen und als Maske vorgebunden wird.

Und ich frage mich in einem fort: Ist der Palast der Rektoren gelb, oder ist er braun, oder ist er grau? Mit einem Glanz unsagbarer Farben hat die Zeit den alten Stein überzogen. Abgelegene Spitzen, wie sie auf den Inseln hier noch in Klöstern bewahrt werden, lang verborgenes Pergament und in uralten Truhen erblaßte Meßgewänder haben manchmal dieses Leuchten von verschossenem Gold. Fünf große Säulen, mit fünf üppigen Kapitälen; und jedes ist anders, als hätte jedes allein den ganzen Reichtum der Welt für sich ausgeschöpft! Denn Größe hat das, daß sie sich verschwenden kann, ohne Furcht, sich zu verlieren. Uns schwindelt in dieser Fülle wuchernder, schwelgender, strotzender Details, aber man tritt zwei Schritte weg, und die reinste Heiterkeit nimmt alles in sich auf. Denn alles dient hier, und ein einziger großer Wille spielt damit.

Auf diesen steinernen Bänken saßen die Senatoren. Hier saß der Rektor, der, immer für einen Monat nur erwählt, in dieser Zeit den Palast nicht verlassen durfte, der Gefangene seiner Macht. Bis dann, 1806, die Franzosen vor der Stadt standen, da blies die Marseillaise das alte Gesetz hinweg, es zerbrach; diesen großen Moment, in dem sich alle Vergangenheit noch einmal versammelt, aber aus der Sehnsucht der Armen schon die Zukunft aufspringt, hat Ivo Vojnovič in seiner Ragusäischen Trilogie mit der höchsten Leidenschaft, sein Bruder Lujo im ersten Bande seines Pad Dubrovnika mit einer nicht weniger künstlerischen Gelehrsamkeit dargestellt. (Der Fall Ragusas. Von Dr. Lujo Knez Vojnovic. Erster Band: 1797-1806. Zweiter Band: 1807-1815. Agram, Verlag der Aktien-Typographie, 1908. Ein solches Werk über Toledo wäre längst ins Deutsche übersetzt.)

Der Palast, 1388 aufgebaut, 1435 abgebrannt, kaum erneut 1462 wieder und nochmals 1483 durch Feuer zerstört, hat diese Gestalt seit vierhundert Jahren. Die Dogana ist jünger. Und alles an ihr ist jung. Überall hat sie Jugend. Wäre das Problem gestellt: Drücke durch ein Gebäude das Wort Jung aus, es ließe sich nicht besser lösen. Allen festen Trotz und die lachende Verwegenheit und das arglose Glück der Jugend hat sie. Sie ist doch aus Jugend entstanden! Damals als in Europa rings das Erwachen der Menschheit geschah. Und man hat das Gefühl: so lange sie hier steht, kann in dieser alten Stadt die Jugend nicht erlöschen, so lange wird die Stadt immer wieder jung sein.

Die Dogana sieht, mit ihrer heiteren Loggia und den kleinen gotischen Fenstern unter dem skurilen heiligen Blasius in seiner anmutig umschlossenen Nische, ganz venezianisch aus. Die Jugend aber, von der sie glänzt, war eine slawische. Die Dogana ist 1520 vollendet und 1521 erschien die Judita des Spalatiners Marko Marulič, des Vaters der kroatischen Literatur. Der war, noch ganz lateinisch erzogen, ein strenger Gelehrter, der sich aber gelegentlich schon in heiteren Gedichten der heimischen Sprache gefiel. Und nun bekam auch hier die Jugend überall Mut. Wie jetzt die jungen Tschechen sich auf Europa stürzen, mit dieser ungeheuren Gier, ihrer Sprache die Gedanken und Gefühle der westlichen Völker anzueignen, so war damals alle Jugend hier von einer unbändigen Lust gequält, den ganzen Geist der neuen Zeit für ihre Stammesart zu erobern. Ihre Muttersprache wurde von ihr entdeckt. Da scholl es in dieser zierlichen Dogana von wagender Kraft! Denn unten war die Münze und das Zollamt, oben aber eine Art Klub, in dem sich die vornehme Welt mit den Schöngeistern traf. Hier saßen auch die beiden Akademien, die der Concordi und die der Oziosi. Hier klangen noch die Lieder der ragusäischen Troubadoure nach des Sisko Mencetic und des Gjore Drzič. Hier bildete sich an Nachahmungen italienischer Muster eine durchaus nationale Dichtung, lebensvoller als diese, von einem oft verwegenen Realismus und einer höchst merkwürdigen gesalzenen Heiterkeit, wovon des Ragusaner Goldschmieds Cubranovič berühmte Jegjupka und die Schäferspiele des Marin

Drzič zeugen. Bis dann zuletzt der Große kommt, der die Frucht der langen Sehnsucht pflückt, der Vollender, der Erfüller: Ivan Gundulič. Von ihm ist das letzte Hirtenspiel, Dubravka, 1628, die Freiheit Ragusas feiernd. Und dann war es aus.

Auf dem Markt, ein paar Schritte vom Palast der Rektoren, ist sein Denkmal. (Von dem Bildhauer Rendič; 1893 enthüllt.) Im langen Mantel steht er da, die Hand mit dem Stift zum Dichten erhoben. Er wird wohl nicht so feierlich gewesen sein. Auch steht er zu hoch, auf einem umständlichen Postament mit langwierigen Reliefs. Ich hätte ihn lieber mitten unter den Menschen, wie der Goldoni in Venedig mitten drin in seinem Volke zu spazieren scheint.

(Die ragusäische Literatur hat der Grazer Professor Matthias Murko in der Teubnerischen »Kultur der Gegenwart«, Teil eins, Abteilung neun, vortrefflich dargestellt. Auch seiner »Geschichte der älteren südslawischen Literaturen« verdanke ich viel. Sie ist in den »Literaturen des Ostens«, Leipzig, Amelangs Verlag, erschienen, als zweiter Teil des fünften Bandes, dessen ersten Teil die ebenfalls sehr bemerkenswerte Geschichte der tschechischen Literatur von Jan Jakubec und Arne Novák bildet.)

****

Beim Landtagsabgeordneten Doktor Stefan Knezevič. Ein unendlich feiner stiller Mensch mit wunderschönen zärtlichen Augen. Er kommt mir sehr artig entgegen, doch erstaunt. Er scheint sich zu wundern, daß es da droben in Wien einen Menschen geben könnte, der Interesse, ja gar vielleicht ein wirkliches Gefühl für das vergessene Dalmatien hat. Es wird ihm anfangs schwer, sich gleich in einen Wiener zu finden, der kein Spion ist und nicht Verschwörungen entdecken will. Aber ich habe das an mir, daß man mir vertrauen muß. Die Menschen fühlen es doch durch, wenn einmal einer nichts als ein Mensch ist. Sie brauchen nur einige Zeit, um sich vom ersten Schrecken zu erholen. Bald aber wird er frei. Still fließt jetzt unser Gespräch dahin. Er hat eine leise Traurigkeit, die selbst anmutigen und fröhlichen Worten einen dunklen Ton gibt. Diese Menschen hier sitzen viel allein und sehnen sich ohne Hoffnung. Ihre große Vergangenheit steht hinter ihnen, die trostlose Gegenwart ängstigt sie. Wer sich der Väter würdig zeigen will, ist gleich verdächtig. Die Not ihres Volkes ergreift sie, sie möchten helfen, aber dies gilt für Hochverrat. Man traut ihnen nicht. Zuerst sollen sie jetzt einmal beweisen, daß sie Patrioten sind. Sie wollen es ja sein. Nur möchten sie doch auch leben dürfen. Dies aber will man ihnen erst gewähren, bis sie bewiesen haben werden, daß sie Patrioten sind. Inzwischen aber werden sie, weil man doch davon allein nicht existieren kann, längst verhungert sein.

Knezevič hat in Wien studiert und ist dann, als Lujo Vojnovič Minister in

Montenegro war, dorthin berufen worden, um die Rechtspflege einzurichten. Dies ist ihm von unserer Regierung verweigert worden. Er hätte aufhören müssen, ein Österreicher zu sein. Und lieber hat er verzichtet. Man kann sich denken, wie schwer der junge Mensch, noch nicht dreißig Jahre alt, einer solchen Gelegenheit, einmal ins Große zu wirken, entsagt haben mag. Und müßten wir uns nicht vielmehr wünschen, in Montenegro einen zu haben, der als Student in Wien auf der Wieden gewohnt hat, der unsere Art kennt, mit dem wir uns verständigen können? Aber Goluchowski, unter dem auch dies geschah, hatte das Prinzip, im Großen und im Kleinen, Österreich überall verhaßt zu machen. Es war das einzige Prinzip, das er hatte. Und es war erfolgreich, man siehts auf dem Balkan.

Merkwürdig ist es überhaupt von einer Verwaltung, wenn sie, wie hier, um ihre Pflicht zu tun, immer erst Bedingungen stellt. Der Dalmatiner sagt: Wir brauchen Straßen, wir brauchen Bahnen, wir brauchen Schulen! Unsere Verwaltung antwortet ihm: Zeige zuerst, daß du ein Patriot bist! Notwendigkeiten werden so zu Belohnungen verwendet, die man sich erst jahrelang verdienen muß. Als ob ein Vater seinem Kinde sagte: Wenn du heuer brav sein wirst, kriegst du aufs Jahr zu essen! Ganz abgesehen davon, daß es mir nicht sehr gescheit scheint, einer Bevölkerung fortwährend den Patriotismus als eine so ganz besondere Kraftleistung hinzustellen; in anderen Ländern gilt er für selbstverständlich und darum ist er es auch. Wir haben übrigens diese Politik schon einmal erprobt: in der Lombardei.

Beim Apotheker Matej Sarič. Ein eifriger, beweglicher, tätiger Mann, dem die Lust an der Arbeit aus den Augen blitzt. Klein, elegant, klug, rasch und geschäftig. Überall sieht er in der Stadt Kraft versteckt, die nur den Ruf erwartet, sich regen und strecken zu dürfen; und im Handumdrehen baut er mir die Stadt um, hier noch ein Hotel, dort eine Strandpromenade, und sieht schon überall die Menschen fröhlich wimmeln! Schön ist der Plan, das Schlachthaus zu fällen und dort einen Strandweg bis zur Schwimmschule zu führen, um die Wette mit dem in Abbazia; und am Ende dann, in San Giacomo dort, mit dem Blick zum Meer und auf das waldige Lakroma, ein großes Hotel. Denn es ist nicht wahr, beteuert er mir, daß sie keine Fremden wollen, wie man ihnen in Wien nachsagt; nur von einer künstlichen Fremdenindustrie mögen sie nichts, die nach den Bedürfnissen der Eingeborenen nicht fragt und sie um allen Gewinn betrügt, weil sie sie nicht versteht und ihnen nicht traut! Und wieder die ewige Klage: man versteht uns nicht und will uns nicht verstehen, weil man uns nicht traut und überall Verschwörungen wittert, während wir uns wahrhaftig nichts anderes wünschen als ruhig arbeiten und verdienen zu können! Und sehr amüsant ist es nun, wie er mir den strebsamen Beamten schildert (er nennt ihn beim Namen), der eines Tages aus Wien nach Dalmatien kommt, von vornherein entschlossen, nach Wien zu berichten, was in Wien den größten Eindruck macht, also Verschwörungen, und der nun dreimal die Woche mit der italienischen, dreimal mit der serbischen Gefahr und am Sonntag mit der wachsenden Demokratie droht, um nur, als Retter hochverdient und hochbelobt, ins Ministerium berufen zu werden: Wir lachen ihn aus, aber in Wien scheint man ihm zu glauben.

Dieser Sarič war vor ein paar Jahren noch ein leidenschaftlicher Serbe. Heute gehört er zur serbokroatischen Koalition. Der Unterschied zwischen Serben und Kroaten scheint erloschen. Vor vier Jahren ging ich einst mit einem Freunde hier auf dem Stradone. Vor uns zwei große hochgewachsene junge Leute. Ich sagte: Sehen Sie doch, wie wunderschöne Menschen diese Serben sind! Da drehte der eine sich um, hielt mir die geballte Faust ins Gesicht und schrie, voll Wut: Nix Serbe, wir sind Kroaten, nix Serbe! Heute kann man überall in Dalmatien gefahrlos sagen, daß Serben und Kroaten bloß zwei verschiedene Namen für dieselbe Nation sind. Sie sprechen dieselbe Sprache, sie haben dieselbe Rasse und auch die Religion trennt sie nicht, da es ja doch auch katholische Serben gibt. Ein braver kroatischer Notar, neben dem ich neulich im Speisewagen saß, war freilich ganz entsetzt, als ich dies sagte. Aber auf meine Frage, was denn also der Unterschied zwischen den Serben und den Kroaten wäre, erklärte er mir: Die Kroaten sind schwarz-gelb, die Serben aber ungarisch gesinnt! Und konnte nicht begreifen, daß mir das nicht auszureichen schien, um zwei Nationen zu statuieren. Man wird wohl dabei bleiben dürfen, daß Serben und Kroaten von einer und derselben Nation sind, bloß mit verschiedenen Erlebnissen. Merkwürdig ist nur, daß sie selbst, miteinander und ineinander lebend, dies so lange verkennen konnten. Und merkwürdig auch, daß man, ihrer Verständigung nachgehend und die Vermittler suchend, fast immer zuletzt auf einen Schüler Masaryks stößt. Fast immer ist es einer, der als junger Mensch einmal nach Prag kam, bei Masaryk im Kolleg saß und, von ihm aufgeweckt, heimgekehrt überall die Botschaft der Versöhnung zu verkündigen begann. Schüler Masaryks haben Serben und Kroaten vereint und richten das zerschlagene Land jetzt zum Glauben an die Zukunft auf. So stark wirkt der einsame Slowak in Prag, der eine Mischung von Tolstoi und Walt Whitman, diesen ein Ketzer, jenen ein Asket und allen ein Schwärmer scheint, in die weite Welt hinaus.

****

Der Habitus dieser Kroaten ist: weiches dunkles Haar, meist ganz kurz geschnitten, ein kleiner Schnurrbart, ein gelbes, matt glänzendes Gesicht, eine schmale gerade Nase mit zuckenden Flügeln, die mandelförmigen Augen schief unter gesenkten Lidern blinzelnd, ermüdet und verschlafen, die Stimme weich und klagend.

Und innerlich: von einer unbestimmten Sehnsucht voll und tief im Herzen beklommen, mit dem einzigen Wunsch, still gehorchen zu dürfen.

Ich muß schon sagen, mir wären diese »Hochverräter« noch viel sympathischer, hätten sie nicht so stark den Trieb in sich, treue Diener zu sein. Und so hat vielleicht unsere Verwaltung doch einen propädeutischen Sinn: der unbekannte Geist, der über den Schicksalen der Welt sitzt, hat sie vielleicht ins Land geschickt, um diesen Menschen hier die knechtische Lust am Gehorsam auszutreiben. Und so sei sie gepriesen!

7.

Nach Lakroma. Man fährt, vom alten Hafen weg, kaum eine halbe Stunde. Ich habe wieder das Gefühl, im Anblick der Stadt, sie sei nicht von Menschen erbaut, sondern aus der Erde gewachsen.

Dem Landenden wird ein weißes Kreuz sichtbar, und der Schiffer erzählt, daß hier einst ein Kriegsschiff explodiert und nur ein einziger Mann gerettet worden sei, der für ein schweres Verbrechen, das er verübt, ganz unten in Ketten lag. Die Geschichte höre ich immer wieder gern, weil sie so moralisch ist. Wie muß sich dieser brave Mann sein ganzes Leben lang über sein Verbrechen gefreut und es gesegnet haben!

Hier war schon 1023 ein Kloster. Und diese Benediktiner verstanden es dann überall, die Händel der Großen für sich auszunützen. Da war irgendein Zwist eines Königs Radoslav mit seinem Neffen Bodino, und der Schluß ist, daß der landflüchtige König das Kloster zum Erben macht, sein böser Neffe aber auch. Die geistliche Kunst besteht darin, sich so zwischen die Starken und Schwachen zu stellen, daß sie diese zu schützen, jenen zu drohen scheint, doch aber immer noch im rechten Moment wenden kann. – Auch Richard Löwenherz, aus einem Sturm an diesen Strand gerettet, hat dafür dem lieben Gott viel bezahlen müssen.

Wie mir diese Namen klingen! Richard Löwenherz, Kaiser Max, Kronprinz Rudolf. Im wilden Garten sage ich sie mir immer wieder vor. Ich weiß nicht, was ich eigentlich dabei fühle. Es sind nur Akkorde. Richard Löwenherz, Kaiser Max, Kronprinz Rudolf. Bis zu einem deutlichen Gefühl, das ich nennen könnte, wirds nicht klar. Nur wie wenn leise der Wind über eine Harfe ging, streichen die drei Namen über mich hin. Richard Löwenherz, Kaiser Max, Kronprinz Rudolf.

In Hietzing steht der Kaiser Max vor der Kirche. Immer wenn ich in die Stadt muß, fahre ich in der Elektrischen an ihm vorbei. Das Denkmal, von einem Johann Meixner, der mir sonst unbekannt ist, sagt nichts. Es stellt irgendeinen sehr österreichischen, gar nicht tragischen Herrn dar. Wenn man aber hier im Kloster durch seine Zimmer geht, sieht man ihn; da ist er noch selbst, der Kaiser Max von Mexiko. Sie sind ganz einfach, aber in jeder Ecke sitzt die Sehnsucht. Und draußen der Garten und drüben das Meer, in ungeheurer Einsamkeit. Aus den ganz kleinen Zellen sieht man überall ins Große. Und die Stimmen des Windes, der zornig in den Eichen haust, der Welle, die stöhnend an den Fels schlägt, rufen in die tiefe Stille herein.

Ich habe neulich einmal die sieben Bände durchgesehen, die vom Kaiser Max übrig sind. Reiseskizzen, Aphorismen, Gedichte. Besonders die Gedichte sind arg. Überall aber spricht ein Mensch, der sich immer wünscht, Großes und Schönes zu finden; und er glaubt, es müsse draußen irgendwo sein. Die stolzen Namen seiner Ahnen regen ihn auf, ihr Enkel zu sein will er sich verdienen, so sucht er ein würdiges Schicksal. Und rührend ist es, wie er sich immer mit dem Edelsten umgibt und durch Erinnerung an die Taten oder Werke bedeutender Menschen sich selbst ihnen zu nähern glaubt. Er war zu groß, Großes aus der Ferne zu bewundern; er hat daran teilnehmen wollen. Und dazu war er doch wieder nicht groß genug, er hatte nur den Wunsch nach Größe. Er hatte nur die Sehnsucht. Und so hat er, ein Schicksal suchend, zuletzt nur ein Abenteuer gefunden. Das war seine Tragik.

Der Kaiser Max und unsere Kaiserin Elisabeth, diese zwei großen Statuen der Sehnsucht stehen am Eingang unserer Generation. Wird an unserem Ausgang eine der Erfüllung stehen?

****

Da ist, unter Eichen und Kiefern, eine Mulde, in die vom Meer unterirdisch Wasser dringt: das Mare Morto. Ich strecke mich hier hin, es weht lau, der Stein glüht, unten gluckst es dumpf; und vor mir nichts als das blaue Meer. Mir wird warm und wohl, es denkt sich hier so gut.

Nein, das sind keine Verschwörer, dort in der alten Stadt; es sind keine Verräter. Sie haben keinen Wunsch als gut österreichisch sein zu können. Aber die Stadt dehnt sich, sie spürt ihre Kraft; und die Bauern, ringsherum, schicken ihre Söhne nach Amerika, die lernen dort, wie man heute das Land bestellt, und, heimgekehrt, erzählen sie davon. Doch die Bildung fehlt und die Maschinen fehlen und Städter und Bauer erkennen so, daß ihnen überall das Geld fehlt. Woher kriegen wir Geld? Wir selbst sind zu schwach und Wien hilft uns nicht. Ja wenn wir stärker wären! Wir sind zu wenige. Wir müssen uns mit anderen vereinigen. So setzt sich auch hier die wirtschaftliche Not ins nationale Gefühl um. Wenn die Menschen hungern, sagen sie: das Vaterland muß größer sein! Die Stadt dehnt sich, der Bauer will Maschinen, dies wird jetzt in das Wort gepreßt: Trialismus! Warum sind wir von unseren Brüdern getrennt? Wir Kroaten in Dalmatien und die Kroaten in Kroatien und Slawonien sind ein Volk, so wollen wir auch ein Reich sein! Wirtschaftliches Bedürfnis wird so zur politischen Leidenschaft. Ein habsburgisch gesinnter Staatsmann ließe sich das nicht entgehen. Er gewänne für Österreich ein Volk und hätte die ungarischen Rebellen geschlagen.

Nun sagen unsere Staatskünstler freilich: Solange die Menschen hier hungern, gehorchen sie noch am ehesten, brächten wir aber Geld ins Land und ließen Bürger und Bauern erstarken, oder würden gar Dalmatien und Kroatien ein Reich, so fängt sogleich die politische Romantik auszuschlagen an, ein kräftiges Bürgertum ist nicht zu regieren, davon haben wir in Böhmen genug, und wenn es sich erst wirtschaftlich und geistig zu fühlen beginnt, weiß niemand mehr, gegen wen sich die junge Kraft am Ende noch kehrt, während mit diesen Bettlern hier ein paar Gendarmen fertig werden, das ist sicherer, Not regiert man noch am leichtesten, denn wie den Menschen nicht mehr hungert, wird er frech, glauben Sie mir!

Diese Staatskünstler stecken nämlich noch ganz im alten Österreich, das seinen Sinn in Deutschland suchte. Seit es aber hinausgeworfen wurde, hat es nur die Wahl: entweder keinen Sinn mehr zu haben oder sich jetzt einen neuen zu suchen. Der kann nur auf dem Balkan sein. Jener, nach Norden und Westen gekehrt, hat es nicht nötig gehabt, sich um das verlorene Volk dort unten zu kümmern. Dieser braucht es. Denn nur mit starken Südslawen können wir auf dem Balkan stark sein. In ihrer Kraft ist unsere Zukunft. Aber unsere Staatskünstler wissen noch immer nicht, daß wir aus einem deutschen Östreich ein slawisches Westreich geworden sind. Vor dreiundvierzig Jahren ist das geschehen. Es wäre Zeit, sich daran zu gewöhnen...

Das Wasser gluckst im Schacht, die Kiefern biegt der Wind, der Stein glüht. Ich bin unruhig, in einem inneren Halbdunkel, zwischen Denken und Fühlen. So seltsam klingt es überall, die Seele der Insel scheint aus dem Schlaf zu reden. Und ich erwarte, jetzt und jetzt eine weiße Gestalt aus dem Lorbeer treten zu sehen. Wenn noch Götter wären? Die Götter der Griechen! Götter, die sich zu geliebten Irdischen neigen! Und immer das leise Singen, auf der ganzen Insel. Und drüben die roten Rosen. Und draußen das blaue Meer.

Solche Stunden, wenn der Wind weht, das Meer glänzt, die Sonne glüht, haben die sonderbare Macht, indem sie den Geist zu lichten oder gleichsam zu schleifen scheinen, daß er hell und schneidend wird, zugleich einen magischen Kreis um ihn zu ziehen, in dem alles traumhaft wird. Niemals sind wir bereiter, mit dem Verstande alles zu wagen, niemals kühner zu logischen Exzessen gestimmt, niemals so gewiß, jedes Geheimnis auszurechnen, niemals aber auch ahnungsvoller und mehr in Nacht vertieft. Während unser Verstand dann eine lachende Zuversicht hat, alle Fragen aufzustören, alle Rätsel abzuwickeln, werden wir über den Rand des Bewußtseins gedrängt und sind unsicher, was noch Realität, was schon Halluzination ist. Wirklichkeit erkennen wir für Wahn, und Wahn nimmt die Gewalt von Wirklichkeiten an. Niemals fühlen wir uns im Geiste so fest, aber der Boden unter ihm wankt. Wir wissen, daß wir im Recht sind, aber es könnte sein, daß es das Recht einer anderen Dimension wäre. Wir fühlen uns ungeheuer wach, aber so unwahrscheinlich wach, daß wir es bloß zu träumen fürchten. Und seltsam ist es, wie von dieser geheimnisvollen Erektion des Geistes nun auch unsere Sinnlichkeit mitgerissen wird. Das sinnlich Aufregende weiß zerstiebenden Wassers, mit leisen Fingern kitzelnden Windes und des verwirrenden Geruchs schwellender Blumen wirkt niemals stärker auf uns als in solchen Stunden der höchsten inneren Klarheit, wenn sich der Geist vom Körper zu lösen scheint und dieser nur noch einmal zum Abschied die Hände nach ihm hebt. Dann hat jede Rose das Gesicht einer Frau, Dryaden nicken nackt aus allen Bäumen und der Boden dampft überall vom Schweiß der Faune. Indem wir, entrückt, schon aufzufliegen glauben, hält uns noch einmal der süße Bann der Erde zurück. In solchen Stunden ist es, als machten wir an uns noch einmal die ganze Menschheit durch, vom Anbeginn des Urtiers, und ewig weiter, bis in unbekannte Fernen, vom Faun, der wir gewesen sind, bis zum Gott, der aus uns werden will. Und einen atemlosen Augenblick lang steht dann in uns die Ewigkeit versammelt.

Dem Heimkehrenden aber, der, solcher banger Seligkeit entkommen, noch einmal vom Kahn zu dem magischen Eiland zurückblickt, ist es wieder nur ein stiller, waldiger, verwilderter Garten...

Im Kahn fällt mir plötzlich ein: Warum setzen wir hier nicht einen unserer jungen Erzherzoge her? Den Erzherzog Eugen etwa, der sich in Innsbruck bewährt hat. Er wäre fähig, die Schönheit der Insel zu genießen, und hätte durch seine frische, leutselige, weltkluge Sinnesart bald das Zutrauen der Menschen. Sie sind zu oft getäuscht worden, um uns noch zu glauben. Sie lachen nur, wenn wieder ein Minister zum hundertstenmal die »Hebung Dalmatiens« verkündigen läßt. Sie wissen schon, daß es doch immer auf dem Papier bleibt. Aber käme nun, statt der Botschaft, auf die keiner mehr hört, ein lebendiger Mensch in ihre Stadt, um unter ihnen zu wohnen, ihre Sitten zu teilen und ihre Sorgen zu suchen, dies wäre vielleicht ein Zeichen für sie, woran sich alte Hoffnungen wieder aufrichten könnten. Und er hat es ja nicht so nötig, sich oben beliebt zu machen. Er müßte nicht immer daran denken, nur das nach Wien zu berichten, was man in Wien gerade zu hören wünscht. Er könnte wagen, einmal die Wahrheit zu sagen, ohne gleich verdächtig zu sein. Abends auf dem Stradone gehend, wie es seine Art ist, sich gern im Volke zu bewegen, oder ins Land zu den Bauern fahrend, schon um alte Waffen und ererbten Schmuck zu sehen, die Wünsche der Bürger hörend, mit diesen schönen Frauen scherzend, Fischern im Boot lauschend, die Geschichten aus der alten Zeit erzählen, fände dieser junge, dem Leben offene, wahrhafte Mensch den echten Sinn des verleumdeten Volkes bald heraus und hätte den Mut, Gerechtigkeit zu heischen. (Behutsam natürlich, denn wir haben Hofräte im Ministerium, denen auch ein Erzherzog noch lange kein genügender Patriot ist!) Und die Familien der alten Ragusäer, die sich jetzt in Einsamkeit verkriechen und verbittern, legten wieder ihren alten Prunk an, um bei seinen Festen zu glänzen, und sein froher Sinn, den Künsten zugetan, riefe die Jugend der Dichter und Maler herbei, die jetzt in ohnmächtiger Sehnsucht vergeht. Und der Saal, oben in der Dogana, wäre dann wieder von Freuden und Hoffnungen hell wie damals, in der unvergessenen Zeit des ersten Erwachens.

Da stößt der Kahn hart ans Ufer und rüttelt mich auf. Ich muß lachen, denn ich habe plötzlich in mir die Stimme Kolo Mosers gehört. Der las uns auf dem Semmering so gern eine Predigt des Abraham a Santa Clara vor, in der jeder Satz mit dem Ausruf schließt: O Narr! Und wie aus einem Grammophon klingt es mir: O Narr! Und klingt mir noch in einem fort nach, während ich durch die Stadt gehe, mit seiner vollen, tief gurrenden Stimme von verhaltener Lustigkeit: O Narr! – Kolo, was tust du? Kolo, Professor, Ritter des Franz-Josef-Ordens, was willst du von mir? Hebe dich hinweg und störe mich nicht in meinen patriotischen Phantasien!

****

Dreimal die Woche werden die Ragusa besuchenden, im Hotel Imperial abgefütterten Fremden in eine stoßende stinkende Barkasse gestopft und nach Cannosa geschleppt; noch drei Nächte lang träumt man dann nur von Öl. Dort müssen sie aussteigen und werden über steile Stufen in der Sonne zu der berühmten Platane getrieben; gehorsam geht jeder um diese herum, die Schritte zählend, um festzustellen, daß es wirklich fünfundzwanzig sind. Dann nimmt man jedem eine Krone ab und sie dürfen in den Garten der alten Grafen Gozze. Hier sind Zedern und Lorbeer und Palmen von seltener Art, und es wäre hier sehr schön. Schon aber wird der schwitzende Fremde wieder in die stinkende Schale gesteckt. Rote Rosen winken vom Fels, das blaue Meer glänzt, aber die ganze Welt riecht hier nach Öl. Einer liest vor, daß die Erinnerungen der Gozze zurück bis in das zehnte Jahrhundert gehen und wer alles aus dem kleinen Schloß schon über das Meer geblickt hat, Tegetthoff und Kaiser Max mit der Charlotte und unser alter Kaiser Franz, und daß die weiße Straße, die man dort sieht, nach dem Herzog von Ragusa, dem Marschall Marmont heißt, aber alle rümpfen die Nasen, denn alle diese feierlichen Namen schwimmen in Öl. Und man hat nach einiger Zeit das Gefühl, daß es überhaupt nur Öl gibt. Und dann unterhalten sich die Frauen. Ihr Hauptvergnügen ist, jede will der anderen beweisen, daß sie noch billiger eingekauft hat. Ein dickes, kommerzienrätliches, altes Weib, schwer mit Putz behangen, beschreibt, wie man es anstellen muß, um den armen Händlern auf dem Stradone die Preise zu drücken. Sie zeigt einen Ring, den sie gekauft hat, und läßt raten, um wie viel. Es ist nicht der Ring, der ihr Freude macht, sondern das Hochgefühl, den armen Albanesen übervorteilt zu haben. Ehrfurchtsvoll wird ihr zugehört.

So weit sich in Öl denken läßt, überlege ich, warum wohl diese Menschen eigentlich reisen mögen. Auf den Schiffen stecken sie die Köpfe zusammen und erzählen sich Anekdoten. Manchmal nennt einer den Namen einer Insel, da sehen sie hin und sagen: A! Und schon stecken die Köpfe wieder beisammen. In den Hotels interessiert sie die Kost, und sie vergleichen, was man um dasselbe Geld in Wiesbaden, Ischl und Sorrent zu essen kriegt. Zuweilen lassen sie sich von einem Führer durch die Stadt treiben, der ihnen ungeduldig Daten zuwirft, die er aus dem Baedeker hat. Und sie verlassen das Land, ohne jemals mit einem seiner Bewohner ein Wort gesprochen zu haben. Der Hofrat Burckhard hat einmal einer Dame von Rom erzählt, da rief sie, den Gatten stupfend: »Ach ja, Rom! Erinnerst du dich? Da wo uns der liebe weiße Pudel zugelaufen ist!«

Der reiche Reisende hat für ein Land wirklich bloß einen wirtschaftlichen Wert. Der arme, der Student, der junge Künstler, der Lehrer, hat auch einen geistigen. Denn der lernt das Volk kennen und es ihn. Den hätte Dalmatien nötig. Der könnte dann, heimgekehrt, von diesem wunderbaren Land erzählen, und von der tiefen Not, in der sein edles Volk gefangen liegt. Und dies wäre der Tag der Freiheit. Denn das heutige Dalmatien wird unmöglich sein, sobald man nur einmal davon weiß.

Ein einziges Mal möchte ich, bloß eine Woche lang, zehn ruhige rechtliche Männer, Kaufleute, Landesgerichtsräte, Hausbesitzer aus Krems oder Steyr, durch Dalmatien geleiten!

8.

Wieder nach Cattaro. Doch der Paß ist noch immer verschneit. Keine Post nach Cetinje. Selbst mein Milo Milosevič kann mir nicht helfen. Also wieder auf das Schiff zurück. Das ist der rechte Tag, im Sonnenschein nach Spalato zu fahren, nach der »Stadt in Illyrien«, wo Orsino Herzog ist, die schöne Gräfin Olivia nach dem verstorbenen Bruder weint und des Junkers Tobias schmatzendes Gelächter durch die Gassen schallt! Wunderlich froh macht mich der Gedanke. Und die strahlende Sonne, der strahlende Schnee, das strahlende Meer! Alles schwebt in linder Lust, alles lächelt und wiegt sich. Ein leises Klingen ist in der lauen Luft. Und die weißen Möven, über dem Schiff, im Sonnenschein! In mir knistert's von Erwartungen. Und es spricht durch meinen Sinn:

Wenn die Musik der Liebe Nahrung ist,

Spielt weiter! gebt mir volles Maß!

Die Worte des Herzogs verfolgen mich. Gebt mir volles Maß! Wie das Merkwort meines Lebens ist mir das immer. Was sich auch mit mir begibt, mich verlangt nur immer wieder: Spielt weiter, gebt mir volles Maß! So hielt der Knabe schon die gierigen Hände hinaus, dem Leben alles abzunehmen, was es zu geben hat. Und immer dann gleich wieder weiter. Und immer wieder: Spielt weiter! Und immer noch die Qual, daß es noch immer nicht das volle Maß ist. Gebt mir volles Maß!

Wie so ein menschliches Hirn, einmal erregt, questert und quirlt und aus einem Eimer in den anderen schöpft! Plötzlich ist ein altes Wort aus dem Hyperion bei mir: »Meine Seele wallt mir über von mir selbst und hält im alten Kreise nicht mehr.« Und ein anderes springt an, das ich neulich erst las, es ist von Roosevelt: »Ich will euch die Lehre vom vollen Leben verkündigen!« Und dazwischen läutet es immer noch hinein:

Wenn die Musik der Liebe Nahrung ist,

Spielt weiter! gebt mir volles Maß!

Es ist vielleicht nie Tieferes von der Musik ausgesagt worden, als daß sie der Liebe Nahrung ist. Denn da nun die Liebe der Welten Nahrung ist, ohne die das große Kreisen, ausgehungert, schon verstummt wäre, ist also Musik das wahre Wunderbrot, an dem sich die Schöpfung mästet. Und wer uns die Lehre vom vollen Leben verkündigen will, kann es nur, indem er die Musik in der Menschheit mehrt. Musik aber entsteht, wenn eine Seele von sich selbst überwallt und aus dem alten Kreise bricht. Und ist nichts als ein ewiges: Gebt mir volles Maß! Und indem sie die Liebe nährt, wird sie von ihr aufgezehrt, Musik verhallt, aber ihr Brüder und Schwestern, klagt nicht, sie hat sich nur verwandelt und was von ihr übrig bleibt, ist Liebe. Musik läßt überall bei den Menschen Liebe zurück... Wie die kleinen Wellen da den Mund aufreißen, aber aus ihm springt immer wieder ein Mund, der immer wieder einen Mund auswirft, so speit in mir ein tanzender Gedanke den anderen aus, der, gleich wieder zerstiebend, schon wieder eine neue Zunge zeigt, und bald ist es nur noch ein Kreiseln und Klingeln von flimmernden und gischenden Worten in mir, die sich winden, und ich weiß nichts mehr und fühle nur mein Blut tanzen. Und: spielt weiter, gebt mir volles Maß!

Es ist aber dafür gesorgt, daß der Mensch nicht in den Himmel wächst, und so soll ich plötzlich verhaftet werden, weil ich versucht habe, den Flug der weißen Möven zu photographieren. In Gravosa stürzt ein Büttel aufs Schiff, der mich verlangt. Ich frage noch: »Vom Grafen Orsino wohl, der Herzog in Illyrien ist? Aber Ihr irrt, ich bin Antonio nicht!« Doch klärt man mich auf, daß es der kaiserlich-königliche Kommissär der ragusanischen Polizei, dem telegraphiert worden ist, den Spion mit den langen Haaren zu verhaften. Weil aber der Spion in Zeitungen schreibt, geschieht es nicht, man nimmt mir nur den Kodak ab, und ich erinnere mich, wie sich der Hofrat Burckhard einst als Ochsentreiber hundertfünf Gulden verdient hat, indem er einem alten Bauer half, sein störrisches Vieh nach Sankt Gilgen zu bringen, wofür ihm der fünf Gulden gab, was der Hofrat dann in der Zeitung beschrieb, wofür er von dieser noch hundert Gulden bekam. Das will ich auch, ich will auch meinen Ochsen treiben. Und ich setze mich hin, mein dalmatinisches Abenteuer zu beschreiben.

Lustig ist, wie die Passagiere mir ausweichen, seit ich fast verhaftet worden bin. Man kann ja doch nie wissen! Aber die Leute vom Schiff, Matrosen und Aufwärter, lieben mich seitdem. Ich werde noch einmal so gut bedient. Ich muß doch trachten, nächstens einmal ganz verhaftet zu werden. Spielt weiter, gebt mir volles Maß!

Nun aber will ich die Feder eintauchen und Adjektive fischen, für meinen Ochsentrieb! Es dämmert schon, das Meer geht still. Durch die matten Scheiben sieht in den weißen Dampf von Zigaretten der Abend veilchenblau herein.

****

In aller Früh reißt es mich aus dem Schlaf. Und auf und fort! Der Sebastian spricht:

Sehn wir die Altertümer dieser Stadt!

Laßt uns unsere Augen weiden

Mit den Denkmälern und berühmten Dingen,

So diese Stadt besitzt.

Und kaum ist der Sebastian still, spricht mich Malvoglio, spricht mich die zärtlich verbuhlte Gräfin an, und das alte Stück geht mir in allen Gassen nach. Ich lache mich aus, um es abzuschütteln. Aber überall ist die Luft hier von ihm voll.

Diese Stadt sitzt in einem Palast. Ein alter Mann hat seiner Einsamkeit ein Haus gebaut, und in dieses Haus haben sich dann dreitausend Menschen versteckt. Der Tote wehrt sich immer noch und will allein sein. Aber die Lebenden fragen nicht und zwängen sich durch und überall ist Lärm. In die starken alten Mauern haben sie kleine Fenster gebrochen, und blühende Blumen hängen heraus, und lachende Lippen grüßen herab. Ein ungeheures Beispiel starker Menschen ist's, die nichts achten als ihr eigenes drängendes, schwellendes, brennendes Leben. Es gibt keine Stadt, in der der Ruf des Lebens stärker ist. Von hohen Türmen, aus tiefen Kellern, in engen Gassen, zwischen Säulen, durch Tore jauchzt taumelnd das Leben. Hier sind kaum vierzigtausend Menschen, aber man glaubt sich unter hunderttausenden. So laut dröhnt der Schritt des Lebens hier.

Nur der Bezirkshauptmann hört es noch nicht.

Es leidet mich nicht, vor alten Kapitälen zu stehen und an den toten Diokletian zu denken. Die drängende, stoßende, treibende Menge nimmt mich auf und hüllt mich ein und reißt mich mit. Herrlich, sich so zu verlieren, nichts mehr von sich zu wissen, nichts mehr zu spüren als einen starken großen stillen Strom! Und während rings um mich, in einer Sprache, die mir unbekannt ist, das Leben spricht, fällt mir ein alter Spruch des weisen Schlesiers ins Gemüt:

Je mehr du dich aus dir kannst austun und entgießen:

Je mehr muß Gott in dich mit seiner Gottheit fließen.

Und mitten in dem scharfen brenzlichen Geruch dieser bäurischen Städter mit ihren zottigen Kutten ist es mir eine selige Lust, mich aus mir ganz auszutun und zu entgießen. Sie drängen mich, sie schieben mich, ich weiß nichts mehr, ich will nichts mehr, durch unbekannte Gassen geht's, hier lacht ein Gesicht, dort zürnt ein Auge, mich aber trägt in festen Armen eine Macht dahin. Und nur manchmal sagt es leise noch in mir: Jetzt müssen wir aber doch gleich beim Garten der Gräfin Olivia sein!

Ärzte sollten Nervösen verordnen, das Gewühl von Massen aufzusuchen. Nichts tut Ängstlichen oder Unruhigen besser, als wenn ihnen einmal die Selbstbestimmung abgenommen wird und sie sich treiben lassen. Der Wille ruht aus und wir sind ja wahrscheinlich alle im Willen krank. An der Entfernung von der Gemeinschaft kranken wir. Dem Menschen ist nun einmal zugewiesen, erst im anderen sich selbst zu finden. Worauf man sich denn ebenso einen reaktionären als einen demokratischen Vers machen mag. Hauptsächlich aber einen erotischen. Ich glaube, daß, was den Mann zum Weibe treibt, zuletzt dieselbe Macht ist, die Massen beseelt. Das liebende Paar, der Marsch von Knaben in gleichem Schritt und Tritt, die Kirche, die Gemeinde, die Stadt, das Volk, der Staat, es sind alles nur Erscheinungen, Verwandlungen desselben Triebs. Bei katholischen Prozessionen, wo Eros in allen seinen Gestalten mitgeht, spürt man das sehr stark. Alle Mysterien, von Eleusis bis Echternach, wurzeln darin. Alle Propheten haben es gewußt. Und es ist sonderbar, daß es in unserer Zeit nur einer gewußt zu haben scheint: Walt Whitman. Vielleicht der einzige bisher, der die Demokratie wirklich erkannt hat: als Erfüllung des Eros.

Und nun, auf dem Markt in das Café Troccoli tretend, bin ich plötzlich entführt, wie durch Faustens Mantel. Draußen ist der Orient in allen Farben, aber drinnen das Quartier latin, mit langen Haaren, fliegenden Krawatten und dem Tumult atemloser Reden. Junge Maler sind's, die hier, beim Diokletian, einen Boul' Mich' etablieren.

Ich sinne dem Diokletian nach. Ein dalmatinischer Bauer, der Kaiser wurde, ein glücklicher Feldherr, ein großer Verwalter, ein Künstler war, die Macht verachten lernte, Rom haßte, den Thron verließ und wieder in die Heimat ging, um in großer Pracht ein Eremit zu sein. Salomon und Cäsar und der große Fritz und der zweite bayrische Ludwig in einer Person. Mit Zügen eines asiatischen Schwelgers, eines Landsknechts, eines aufgeklärten Despoten, eines Artisten und eines Weisen. Vom Feldwebel zum Kaiser. In Ägypten und an der Donau Sieger. Zwanzig Jahre lang Herr der Welt. Mit den Höflingen grausam, ein Freund der Armen. Ein Organisator. Der Erbauer der Thermen in Rom. Die Christen verfolgend. Und dann nach zwanzig Jahren der Tat, des Ruhms, der Macht wieder heim. (Wie Shakespeare dann wieder nach Stratford heimritt.) Und sitzt dann noch neun Jahre hier und sieht über das Meer hin und hört noch die heidnische Welt zerbrechen und die verhaßten Christen siegen. Er stirbt, Salona fällt, das Volk flüchtet vor den Avaren in den Palast, den er seiner Einsamkeit erbaut hat, und der schweigsame Palast verwandelt sich in eine lärmende Stadt.

****

Mittag wird's, die kroatischen Pariser gehen, ihre großen Hüte schwenkend, wie die Gascogner Kadetten. Ihre Lustigkeit hat mich angesteckt. Es freut mich auf einmal gar nicht mehr, an den alten Diokletian zu denken. Und morgen ist Fastnacht! Wie dumm, in der lauten Stadt allein zu sein und Steine anzusehen, in der Stadt des Junker Tobias!

Ich will essen gehen. Und dann Nachmittag nach Salona. Und es wäre doch wirklich talentlos, wenn mir gar nichts begegnet in der Stadt der munteren Jungfer Maria.

Essen ist nun in Spalato kein Vergnügen. Ein kahler Raum; es riecht wie in einem Keller. Mißmutige Kellner in fleckigen Fräcken. Alles greift sich naß an. Und die Gäste sind der Kellner wert. Leopoldstadt. Daß da draußen, keine hundert Schritte weit, das blaue Meer sein soll, ist unglaublich. Mitten unter ihnen aber sitzt – ich reibe mir die Augen – nein, du bist wach, die Sonne scheint und draußen ist das blaue Meer und hier, gleich am nächsten Tische neben mir, sitzt wirklich die Gräfin Olivia, hochgeboren. Ich bin nicht talentlos.

Sie hat sehr schönes rotes Haar, ein feines weißes Gesicht mit einem unartigen Näschen, erfahrene Lippen, ein englisches Kleid, das von Zwieback sein wird, und einen sehr ungeduldigen erlauchten Ton mit den Kellnern. Ich rate hin und her, was ich aus ihr machen soll. Am ehesten vielleicht noch die Frau eines Offiziers, der in's Land hinein abkommandiert ist. Indem sie sich von meinen Blicken auskultiert fühlt, werden die weißen Wangen rot, der arge Mund zornig, das Näschen bübisch und sie beugt sich auf den Teller herab vor, so daß ich jetzt nur noch den roten Helm ihrer Haare sehen kann. Während ich sie dafür durch Gleichgültigkeit strafe, steht auf einmal gegenüber ein dicker alter Herr auf, tritt an meinen Tisch und fragt mich, ob es wahr ist, daß ich der berühmte Hermann Bahr bin. Ich antworte, daß ich das nicht weiß. Er sagt, gekränkt: Das müssen Sie doch wissen! Ich sage, gereizt: Das kann ich nicht wissen! Er sagt: Jeder Mensch weiß, wer er ist. Ich sage: Kein Mensch weiß, wer er ist. Er fragt: Also sind Sie nicht der Hermann Bahr? Ich antworte: Ja ich bin ein Hermann Bahr! Er sagt: No dann sind Sie's! Und er stellt sich vor und ladet mich ein, den schwarzen Kaffee mit ihm zu nehmen, aber nebenan im anderen Saal, weil es dort nicht so kalt ist, denn er hat die Gicht. Ich antworte nicht gleich, weil er gar nicht so verlockend ist, da wendet sich der alte Herr zur Gräfin Olivia, nebenan am Tisch, und sagt: Und vielleicht das Fräulein auch oder die gnädige Frau? Nun liegt der rote Helm ganz auf dem Teller. Ich sage: Gehn Sie nur voraus, ich komme dann vielleicht nach. Olivia schweigt. Er sagt: Denken Sie nichts Schlechtes von mir, Fräulein oder gnädige Frau, schauen Sie doch meinen weißen Bart an, aber ich glaube halt, daß Sie sich langweilen! Eigentlich ist er sehr nett und ich bin ein Rüpel. Aber der rote Helm im Teller schweigt. Der Alte geht.

Ich bleibe noch ein paar Minuten, zahle gemächlich, stehe dann auf, nehme meinen Hut und meinen Rock und frage: Werden Sie nun zu dem braven alten Herrn gehn?

Unter dem roten Helm hervor antwortet es: Wenn Sie gehen!

Ich will das aber noch deutlicher haben und frage: Ohne mich nicht?

Es ist doch sehr hübsch von ihr, daß sie gleich antwortet: Nein.

Da sage ich: Aber wozu brauchen wir dann erst den braven alten Herrn?

Sie wiederholt, lachend: Nein. Den braven alten Herrn brauchen wir wirklich nicht.

Ich schlage vor, lieber nach Salona zu fahren. Sie will nur noch rasch telephonieren. Indem wir dann zum Wagen gehen, sagt sie: Ihre Photographie hängt nämlich seit fünf Jahren in meinem Zimmer. Und es kommt heraus, daß die Gräfin Olivia Schauspielerin geworden ist und einmal in einem meiner Stücke mitgetan hat. Und in Salona will sie mich in das Haus einer Freundin aus Sarajevo bringen, die meine Bücher mag. Und für den Abend hat sie mir telephonisch geschwind einige Leute bestellt, und es sind gerade die, an die ich Empfehlungen mit habe. Das menschliche Leben ist höchst einfach. Man muß nur so talentvoll sein, sich um die rechte Stunde im richtigen Gasthaus an den rechten Tisch zu setzen.

Vormittag bei Diokletian, dann in den slawischen Wogen der Gassen, am venezianischen Rathaus vorüber ins Quartier latin, jetzt im Wagen mit einer heiteren Wienerin, die Ibsen spielt, ins Land hinein, das ganz spanisch wirkt. Wirklich, wie um Burgos herum ist die Landschaft hier, in ihrem großen, unmenschlichen, barbarischen Ernst, der die Bäume, jedes Haus, jede Regung eines einzelnen Geschöpfs verschlingt. Esel traben; in den Säcken, zwischen Körben oder auch hinter der Last sitzt oder liegt lässig ein sorglos lallender Mensch; man sieht kaum, ist es ein Mann oder ein Weib oder ein Kind, man sieht nur einen bunten Fleck, ganz hinten auf dem Esel, und während der Esel trabt, steigt aus dem bunten Fleck ein stammelnder, flackernder, wankender Gesang. Aber schon hat auch den trabenden Esel mit dem bunten Fleck die furchtbar unbewegliche Strenge dieser zeitlosen, grundlosen, leblosen Landschaft verschluckt. Ich suche vergebens, das Gefühl zu nennen, das ich hier habe: von einer gänzlichen Leere zugleich und doch auch einer ungeheuren Größe. Als hätte Gott hier zunächst erst bloß den Raum erschaffen, und der stünde nun wartend da, bis Gott ihn später einmal füllen wird.

Da blitzt vor uns, am Ende des Blicks, hoch auf dem steilen Berg, ein krachendes Weiß auf. Etwas ungeheuer Lebendiges hat dieses Weiß, in der Grabesstille des erstarrten Raums. Wie das Leben selbst winkt dieses blühende Weiß. Es ist Clissa, die Feste, die das Tal sperrt. Kroatisch, venezianisch, ungarisch, türkisch, wieder venezianisch, österreichisch, französisch und wieder österreichisch ist seine Vergangenheit gewesen. Jetzt steht ein Korporal mit einem Zug unserer Soldaten dort.

Plötzlich erscheint ein blauer See, die Bucht von Salona, wir kommen über die alte türkische Brücke, Häuser blinken hell, die ganze Landschaft ist verwandelt, die Gräfin Olivia schildert mir ihre Nora, da halten wir schon bei ihren Freunden, eine junge Frau von einer seltsamen schweren maurischen Schönheit kommt uns entgegen und ich habe mich in dem ein wenig sezessionistelnden Zimmer, das ein Porträt Tolstois und eine große Reproduktion des Klingerschen Beethoven beherrscht, noch kaum behaglich gesetzt, als ich der gierig fragenden Frau mit den heißen schwarzen Augen vor allem von der Elektra erzählen muß, und überhaupt von Richard Strauß und wie das in Dresden alles gewesen ist. Dann erst gehen wir in die tote Stadt Salona, die, schon im 4. Jahrhundert v. Chr. griechischen Kolonisten gastlich, dann römisch, von Goten und Hunnen bedroht, im Jahre 639 von den Avaren zerstört worden ist. Wo wir aber hauptsächlich von d'Annunzio reden, in den aufgedeckten Tempeln und Bädern mit seiner blinden ahnungsvollen Anna wandelnd.

Bulič, der Schliemann von Salona, hat sich hier ein lustiges kleines Haus gebaut, ein bißchen kitschig, in einem nicht sehr glaubwürdigen altchristlichen Stil möbliert, mit allerhand Urnen, Steinen von Sarkophagen, Kapitälen als Leuchtern, Inschriften und Fragmenten. Hinter dem Häuschen beginnt das Manastirine (manastir oder namastir heißt das Kloster, namastirište der Ort, wo einst ein Kloster gewesen ist), der Bezirk der Ausgrabungen. Uns aber führt d'Annunzio, die Gräber der Atriden tun sich auf, mit den Leichen in Gold, das Fieber unvergessener Schrecken quillt, der Schatten Klytemnästras steigt und so sind wir wieder bei Richard Strauß, während über dem blauen Dunst des Abends das erblassende Weiß der alten Feste Clissa thront.

Und dann sitzen wir abends noch lange wieder unter dem Bilde des alten Tolstoi. Diese kleine Frau mit den großen schwarzen Augen ist merkwürdig. In Tanger sah ich solche Jüdinnen, die den unsrigen nicht gleichen, sondern in ihrer schweren schwellenden Anmut eher etwas Türkisches haben. Sie ist die Tochter eines Juweliers in Sarajevo, hat aber durchaus die geistige Form einer westlichen Intellektuellen. Dem Leib Suleikas scheint durch ein Wunder der Geist Mirbeaus eingegeben. Ihr Mann, ein Ingenieur, der hier eine Zementfabrik einrichtet, setzt sich ans Klavier und spielt aus dem Lohengrin. Sie tritt zu ihm und singt mit ihrer kindlichen Stimme bosnische Lieder. Und dann kommt noch, die lustige Verwirrung zu vollenden, aus der Stadt der Doktor Tartaglia, der der Sohn eines italienischen Grafen und ein fanatischer Anwalt der kroatischen Demokraten ist. So haben wir jetzt, in der geistigen Luft von Beethoven, Tolstoi und Richard Strauß, hier beisammen: eine Wiener Ibsenspielerin aus der Schule Jarnos, eine türkische Jüdin mit nordwestlichen Empfindungen, einen Ingenieur und Wagnerianer, einen gräflichen Demokraten von italienischem Namen und kroatischer Gesinnung und einen Wiener Hausherrn aus Linz vom Deutschen Theater in Berlin; hier am Adriatischen Meer, im Salona der Argonauten, das zum Kampf der Griechen um Troja zweiundsiebzig Schiffe gestellt hat, unweit der von Shakespeare belebten Stadt Spalato, die einst der Palast des Kaisers Diokletian war, in Gesprächen über Olbrich, d'Annunzio, Klimt, die Duse, Masaryk, den Trialismus und die Sezession. Dies ist Österreich.

Die Tartaglias sind einst auf einem Kastell da droben irgendwo gesessen.

Da waren sie Kroaten. Da haben sie mit den Türken gerauft. Ein Türkenschädel wird in der Familie noch aufbewahrt. Dafür wurden sie zu venezianischen Grafen gemacht. So waren sie plötzlich Italiener. Bis dann dieser hier, der Ivo, nach Prag kam, da besann er sich eines Tages und entdeckte wieder, daß sie Kroaten sind.

Das haben die Menschen in Österreich voraus, daß sich hier, wer nur ein wenig über sich nachdenkt, als ein Ergebnis vieler Verwandlungen erkennt. Anderswo hat es der Nachkomme leicht, das Erbe der Väter anzutreten, denn es enthält einen einzigen Willen und überall denselben Sinn. In uns aber rufen hundert Stimmen der Vergangenheit, der Streit der Väter ist noch nicht ausgetragen, jeder muß ihn aufs neue noch einmal entscheiden, jeder muß zwischen seinen Vätern wählen, jeder macht an sich alle Vergangenheit noch einmal durch. Denn die Vergangenheit unserer Menschen hat dies, daß keine jemals abgeschlossen worden ist, nichts ist ausgefochten worden, der Vater weicht vor dem Sohn zurück, aber im Enkel dringt er wieder vor, niemand ist sicher, jeder fühlt sich entzweit, unseren Menschen ist zu viel angeboren. Anderswo mag einer getrost den Vätern folgen, wir können es nicht, denn unsere Väter, uneinig unter sich, rufen erst unser Urteil an. Je ne puis vivre que selon mes morts, hat Barrès gesagt. Wir aber können nicht nach unseren Toten leben, weil wir zerrissen würden, denn jeder unserer Toten zerrt uns anders. Nous sommes la continuité de nos parents, sagt Barrès, toute la suite des descendants ne fait qu'un même être. Wir sind noch nicht soweit; wir haben es noch nicht dazu gebracht, aus Vorfahren und Nachkommen ein einziges Wesen zu machen; dies ist vielmehr eben erst unser Problem, das unsere Generation überhaupt erst erkannt hat. Aus den bosnischen Tartaglias, die dort in den Bergen gegen die Türken standen, und den italienischen Tartaglias, die gräflich in venezianischen Sitten schwelgten, nun einen gemeinsamen Tartaglia zu machen, der jene mit diesen so verschmilzt, daß beide sich in ihm erfüllen, ist das Problem des heutigen Tartaglia. Und meines ist, den frohen deutschen Sinn des jungen Webers, der vor zweihundert Jahren vom Rhein nach Schlesien kam, in das ängstliche Gemüt gehorsamer Staatsdiener und den eingeborenen Trotz des unbändigen Oberösterreichers so zu gewöhnen, daß jeder meiner Väter schließlich in mir Platz hat. Als wir uns vor zwanzig Jahren erhoben, war in Österreich der Wahn, man könne ein vaterloses Leben führen. Das nannte man Liberalismus bei uns. Wir aber erkannten, daß alles Leben darin nur besteht, ein Ende mit einer Vergangenheit und so den Anfang mit einer Zukunft zu machen. Doch Vergangenheit ist nie zu Ende, bevor sie nicht ein neuer Mensch in sich aufgesaugt hat; so lange muß ihr Gespenst unerlöst auf Gräbern irren. Und Zukunft hat erst begonnen, wenn in einem neuen Menschen alle Väter versammelt sind. Darauf hoffen wir, damit ringen wir, daran leiden wir, wir. Jetzt aber ist wieder eine neue Jugend da.

Diese Menschen, mit denen ich hier sitze, sind alle noch unter dreißig. Und mir ist es ein wunderschönes Gefühl, wie schnell wir in Erfüllung gegangen sind! Unser Leiden, unser Ringen, unser Hoffen, hier ist es gestillt. Es hat sich in ruhige Kraft und einen heiteren Willen verwandelt. Diese neue Jugend sucht nicht mehr, zweifelt nicht mehr, bangt nicht mehr. Sie weiß, was sie will, und sie weiß, daß sie's kann, sie wird es wagen. Sicher ist sie, ihrer selbst gewiß und von entschlossener Freudigkeit. In ihr sind die Väter erlöst, Zukunft ist da. Wir sind nur durch die Welt gerannt, unserer Sehnsucht nach. Diese stehen fest, in Bereitschaft, frohen Taten entgegen. Österreich kann beginnen.

Ich möchte noch dabei sein. Ich möchte noch Österreich erleben. Spielt weiter, gebt mir volles Maß!

9.

Ich hätte so gern den Milan Begovič kennen gelernt, den die Dalmatiner ihren d'Annunzio nennen. Aber er ist fort. Vor ein paar Tagen erst ist er nach Hamburg abgereist, zum Baron Berger, bei dem er Regie lernen will. Auch wieder ein Beispiel der slawischen Gier, deutschen Geist und deutsche Kunst und unser ganzes Wesen einzusaugen, die mich an den jungen Tschechen so freut. Mein Freund Kvapil, der Dramaturg des böhmischen Landestheaters in Prag, kommt jeden Augenblick nach Berlin, mit einer wahren Todesangst, nur ja nichts zu versäumen, was draußen vorgeht; alles wollen sie wissen, alles haben, und sie glauben es ihrer Nation schuldig, ihr alles zu bringen, was sich nur an neuen Gedanken, Wünschen oder Versuchen irgendwo zeigt. Während in den österreichischen Deutschen eine Neigung ist, hochmütig gegen das Neue sich im Alten zu beruhigen, als ob sie nichts mehr nötig hätten. Hält bei diesen der Dünkel, bei jenen die Gier an, so kann es geschehen, daß in Österreich die neue deutsche Kultur nur noch bei Slawen zu finden sein wird. Wer unsere Deutschen aber warnt, macht sich verdächtig, in dem großen Kampf um den Nachtwächter lau zu sein.

Auf Gundulič folgten noch zwei Dichter, Gjon Palmotic und Ignjat Gjorgjic. Dann war es still. Hundert Jahre lang. Gjorgjic starb 1737. Und 1830 begann der Illyrismus, unter den Slowenen und Kroaten. Ljudevit Gaj, der Steirer Stanko Vraz, Miklosichs Freund, und Ivan Mazuranic, Peter Preradovič, der aus einem General eine Art von slawischem Wotan wurde, und August Senoa sind die Hauptnamen dieser Romantik. 1900 aber erschien in Agram ein Buch, das schlug einen Ton an, den man noch nicht vernommen hatte; seitdem gibt es eine kroatische Moderne. Es war einer Marchesa Zoë

Boccadoro gewidmet und nannte sich nach ihr Knjiga Boccadoro, das Buch Boccadoro. Sein Dichter hieß Milan Begovič, war damals vierundzwanzig Jahre alt und dem Studium der romanischen und slawischen Sprachen ergeben. Er hat dann die Locandiera, das goldene Vließ und die Gespenster übersetzt, ein Drama Myrrha, ein Lustspiel Venus victrix, ein historisches Schauspiel Marya Walewska und eine seltsame Dichtung, die im russisch-japanischen Krieg spielt, Das Leben für den Zaren, verfaßt. Die Pracht seiner kunstreichen Sprache wird gerühmt. Seiner Myrrha hat er das Motto vorgesetzt: »Alles für Liebe und Schönheit, Myrrha! Laß dich die Gesetze der Menschen nicht kümmern: sie sind ungerecht, unnütz und selbstisch, sie sind vergänglich. Schönheit und Liebe sind ewig; dies nur ist Verbrechen: ihrem Rufe nicht folgen.« (Ich habe meine Kenntnisse von Murko und unserem Otto Hauser; dieser hat auch seine Venus victrix übersetzt.)

****

Nach Trau. Immer links das Meer, rechts die kahlen steilen Wände. Das ist der Weg der sieben Kastelle. Warsberg hat recht: »Auch wer das Schönste von Italien und Südfrankreich gesehen, wird hier noch Freude erleben.« Nur der Einwohner erlebt keine.

Rings um Spalato besteht noch das Kolonat. Allgemeines gleiches Wahlrecht und dazu das Kolonat. Ein Haus, ein Feld mit Wein und Ölbäumen wird vom Eigentümer dem Kolonen übergeben, der es bestellt und dem Herrn einen Teil des Ertrages abzuliefern hat. Ein Minimum ist bestimmt. Kann er es nicht leisten, weil etwa der Hagel die Frucht zerschlagen hat, so muß er Geld dafür geben, er hat für den Hagel Strafe zu zahlen. Wenn auf den Feldern des Herrn Arbeit notwendig ist, besorgt sie der Kolone; der Herr bestimmt den Lohn dafür. Sie rechnen, daß ein Viertel, bisweilen ein Drittel ihrer Arbeit im Jahre dem Herrn gehört; und von dem, was der Rest ihnen trägt, haben sie dann erst noch jenen Teil an den Herrn abzuführen. Jede Gefahr trifft den Kolonen; bricht Feuer aus, so haftet er für den Schaden. Das Werkzeug stellt der Kolone. Das Vieh auch. Den Dünger auch (den aber, bevor er ihn verwenden darf, der Herr prüft, ob er gut sei). Meliorationen dürfen ohne Zustimmung des Herrn nicht geschehen; die Kosten trägt der Kolone. Früher konnte der Herr den Vertrag nach Belieben lösen; jetzt ist meistens eine Frist zur Aufkündigung gesetzt. Ein Tagelöhner hat seinen Lohn sicher, der Kolone nichts. Alles Risiko trifft sonst den Herrn, hier trifft es den Knecht. Es ist ein System, das dem Eigentümer unter allen Umständen gegen alle Gefahren einen Ertrag sichert und alle Sorgen des Eigentums auf den Arbeiter wälzt, der ohne Lohn dient, jeden Schaden, keinen Nutzen hat, in schlechten Jahren sich verschulden muß, um den Herrn zu bezahlen, jeden Tag davongejagt werden kann, aber das Gefühl hat, ein freier Mann zu sein, da doch in Österreich die Robot durch das kaiserliche Patent vom vierten März 1849 aufgehoben worden ist.

Heinrich Friedjung erzählt: »In der ersten Hälfte des 19. Jahrhunderts vernachlässigte das ungarische Königtum seine sozialen Pflichten, während der magyarische Adel sich in einer ruhmvollen politischen Blütezeit zum klaren Verständnisse seiner Aufgaben aufschwang. Baron Eötvös widmete der Schilderung der überlebten Verhältnisse im ungarischen Komitatsleben den besten seiner Romane: »Der Dorfnotär«, und niemand stand feuriger und beredter als Kossuth für die Befreiung des Landvolks ein. So gelang es ihm, der Abgott des Bauers zu werden und darauf sein Volk zum Kampfe gegen das Haus Habsburg mit fortzureißen.« Wenn nun ein dalmatinischer Kossuth aufstünde? Wozu haben wir eigentlich unsere schmerzlichen ungarischen und italienischen Erfahrungen, wenn wir noch immer aus ihnen nichts lernen?

Dann kommt aber der strebsame Mensch der Verwaltung, Austriacus insapiens, und sagt: »Ich bitt' Sie, mit den Dalmatinern ist nichts zu machen, sie sind indolent! Sehen Sie sich doch nur den Boden an! Die schlechteste Wirtschaft, keine Maschinen und keine Spur eines neuen Betriebs!« Wie soll der Kolone Maschinen kaufen, wenn er riskiert, daß ihn sein Herr vertreibt, bevor noch ihr Preis getilgt ist? Woher nimmt er das Geld, da doch unsere Verwaltung keine Sparkassen im Lande will? Was kann er von neuen Betrieben wissen, da doch unsere Verwaltung keine Schulen will? (Neunzig Prozent Analphabeten, hat der Doktor Tartaglia gestern erzählt.) Denn der strebsame Mensch der Verwaltung mag Sparkassen und Schulen nicht, Sparkassen bringen Geld ins Land, Schulen Bildung und wenn es erst Geld und Bildung hat, haben wir die Revolution! Was natürlich ein Unsinn ist, denn wer was zu verlieren hat, macht keine Revolution. Und nichts ist dümmer als die Meinung unserer Verwaltung, Notwendiges lasse sich durch Gewalt verhindern. Als wenn er das jetzige Dalmatien gekannt hätte, hat Goethe einmal gesagt, er sei vollkommen überzeugt, »daß irgendeine große Revolution nie Schuld des Volkes ist, sondern der Regierung. Revolutionen sind ganz unmöglich, sobald die Regierungen fortwährend gerecht und fortwährend wach sind, so daß sie ihnen durch zeitgemäße Verbesserungen entgegenkommen und sich nicht so lange sträuben, bis das Notwendige von unten her erzwungen wird. Ist aber ein wirkliches Bedürfnis zu einer großen Reform in einem Volke vorhanden, so ist Gott mit ihm und sie gelingt.« Aber wer in der Statthalterei kennt Goethe?

(Über das Kolonat hat der Wiener Professor Hofrat Doktor von Schullern zu Schrattenhofen im Auftrag des Ackerbauministeriums geschrieben.)

****

Dies ist sicher der schönste Weg, den wir in Österreich haben. Die wilde Macht der jähen Felsen, die sanfte Schönheit des breiten Kanals, der nur östlich einen ganz schmalen Pfad ins Meer hinaus hat, die ruhigen Züge der Weingärten und Ölwälder, die Stille der Dörfer, die Klarheit der Luft, in der alles so groß, ganz nahe, ja wie verewigt scheint, die Schwermut langer Mauern, alter Türme, verschlossener Häuser aus grauem Stein, die Lust des schallenden weißen Blühens, die seltsamen Erektionen der Agaven, die, schief von ziehender Sehnsucht, ihre langen Stengel zum Himmel strecken, der silbrige Staub der Straße, das Leuchten überall zwischen der gelben Wand des Bergs und der blauen des Meers, dies hat zusammen solche Größe mit solcher Lieblichkeit zugleich, daß man nur immer ins Unbegreifliche schaut und schaut und schaut. Diese Straße könnte das ganze Land ernähren. Überall fordert sie zu Villen, Schlössern am Meer und Capanen auf. Hier könnte, Sommer und Winter, Europa sein. Hier sind ein paar arme Dörfer.

Manchmal aber bewaffnet sich der strebsame Mensch der Verwaltung noch mit einem Ästheten, der findet, daß es auch schad wäre, den malerischen Reiz des Verfalls zu zerstören. Denken Sie sich hier Amerikanerinnen und Berliner, die ganze Stimmung wäre weg! Wie malerisch aber ist das Elend! Es regt zu melancholischen Betrachtungen, manchen sogar zu Gedichten an. Hüten wir uns, dieser einzigen Stimmung ihre Patina zu nehmen! – Wie man ja auch in Wien die Forderungen des Verkehrs durch ästhetische Bedenken hemmt, plötzlich um irgendein liebes altes Haus besorgt, das im Wege steht; und lieber soll die Stadt ersticken! In der Not, wenn es gilt, Leben zu verhindern, werden sie sogar Ästheten. Denn es wäre bequemer, aus Österreich ein Museum zu machen.

Trau, der Insel Bua gegenüber, auf die man über eine Drehbrücke kommt, ist noch ganz venezianisch, überall sitzt der Löwe noch. Der berühmte Dom, im dreizehnten Jahrhundert, nachdem die Sarazenen den alten zerstört hatten, begonnen, 1600 ausgebaut, hat ein wunderschönes romanisches Portal. Man wird dann in eine Kapelle geführt, hier ist das Grabmal des heiligen Johann Orsini, des ersten Bischofs von Trau. Die Wappen der Bischöfe werden gezeigt, ein kostbarer Schrein, Meßgewänder und Missalen. In Vergangenheiten geht man so herum, und tritt man dann wieder auf den Markt in die Sonne hinaus, ist wieder Vergangenheit überall, und mir ist ganz, wie wenn ich bei Reinhardt oft in der aufgestellten Stadt Verona spazieren ging, während sie leise gedreht wurde; nur die Beleuchtung ist hier besser, ich ziehe die Sonne Homers doch der des Herrn Knina vor. Halb macht es mir Spaß, halb mich ängstlich, Menschen so gleichsam auf einer Bühne wohnen zu sehen. Und nun, da heute ja Fastnacht ist, geschieht es noch, daß auf der Riva vermummte Männer mit Hörnern und langen roten Nasen, verlarvte Frauen mit Mantillen in der Sonne springen. Und in Lumpen liegen alte Bettler und wärmen sich. Gespenstisch ist alles, am blauen Meer in der lieben Sonne.

Und da kommt mir plötzlich alles unsäglich albern vor, was wir in den großen Städten tun. In den großen Städten werden die Gedanken gemacht. Menschen sitzen und suchen, bis wieder ein neuer Gedanke gefunden ist. Den legt jeder dann in ein Buch, da wird er aufbewahrt und bleibt eingesperrt. Draußen aber, überall, strecken sich die Hände vergeblich aus! Wie ein Dieb komme ich mir vor. Darf ich mir eine Wahrheit behalten, für mich allein, statt ihre Kraft ohnmächtig verlangenden Menschen zu geben? Dies alles, was ich weiß, was mich stärkt, was mein Trost und meine Sicherheit ist, wovon ich lebe, wodurch ich bin, anderen versagen? Selber reich sein und andere darben lassen, im neidischen Hochmut des Wissenden? Und es reißt mich, in die Loggia hier zu treten und zu rufen, bis aus allen schwarzen Gassen und von der Insel her auf dem hellen Markt um mich alle versammelt wären, und der horchenden Schar zu sagen, was ich weiß, von der Entstehung der Welt und der Abstammung des Menschen und wie jedes Gestein und jedes Gewächs und jedes Getier uns Bruder und Schwester ist, bis alles Leid von den Lauschenden fällt und die Lust des Erkennens in einen einzigen ungeheuren Schrei der Freiheit ausbricht. Aber man ist feig. Auch käme doch sicher gleich ein Gendarm.

Kultur, von der soviel die Rede ist, hätten wir dann erst, wenn, was irgendeiner zu seinem Trost gefunden und erkannt hat, allen zugesprochen würde. Wir aber vergraben unsere Gedanken, wie geizige Bauern die Taler im Strumpf. So liegen sie dann unverzinst. Aber nicht bloß, daß sie nichts tragen, sondern sie gehen ein, trocknen aus und fallen ab. Vielleicht ist keine Zeit noch reicher an Gedanken gewesen als unsere; weil aber keiner in der Erde der Menschheit Wurzeln schlägt, bleibt sie bettelarm.

Der Prasser, der vor seiner Türe verhungern und erfrieren läßt, scheint mir nicht verächtlicher als wer irgend etwas weiß, ohne die Kraft und den Mut dieses Wissens den Schwachen und Ängstlichen zu geben. Und bis zu körperlichen Schmerzen quält es mich oft, daß wir mit unseren höchsten Erkenntnissen unnütz sind, weil von den Wissenschaften und den Künsten kein Weg ins Volk ist. Wir sagen stolz: die Zeit Darwins, Wagners, Ibsens! Aber war es denn ihre Zeit? Sie waren in dieser Zeit. Es ist mir unerträglich, zu denken, daß die Menschen in dieser alten venezianischen Stadt hier nie den Tristan gehört haben. Der Grund gehört den Herren, das Geld gehört den Herren, und die Wahrheit auch und die Schönheit auch. Auch zur Wahrheit und zur Schönheit ist den Armen der Eintritt verboten. Wer nichts zu essen hat, soll auch nichts zu denken, nichts zu fühlen haben. Und der Denker, der Künstler, statt der Herr der Menschheit zu sein, ist ein Knecht der reichen Leute. Und ist es zufrieden! Ich schäme mich manchmal so, daß ich auf und davon möchte, hinaus ins weite Land und zu Menschen, den wirklichen Menschen, und ein Wanderer im Volk werden, weil es doch mehr ist, einem einzigen Menschen zu helfen, als einsam in verwegenen Gedanken und erlauchten Stimmungen zu schwelgen, und weil doch nur der das Leben erst genießt, der überall auf seinen Wegen Freude hinter sich läßt.

Eine Stunde von Spalato liegt ein altes Schloß in Trümmern. Es gehört einem reichen Grafen, der es zerfallen läßt. Selten sieht man ihn in den Gassen der Stadt, meistens hütet er das Bett. Nur wenn eine italienische Truppe kommt, taucht er auf, ladet alle Sängerinnen und Tänzerinnen ein und unterhält sich mit ihnen so lange, bis ihn der Schlag trifft. Dann legt er sich wieder ins Bett, bis wieder eine Truppe kommt. Draußen aber zerfällt sein altes Schloß. Er hat keine Freude daran. Doch gehört es ihm, er gibt es nicht her, so kann es auch keinem anderen Freude machen. Das ist ein Gleichnis unserer Verwaltung in diesem Lande. Sie hat keine Freude daran. Aber sie verhindert es, anderen Freude zu machen.

****

Nun ist die Fastnacht da. Masken drängen durch die Stadt, Augen glühen, Späße taumeln. In dem Saal des Hotels Troccoli staut sich die Menge. Eng sind die Tische zusammengerückt; wer keinen Stuhl mehr gefunden hat, steht, die schwitzenden Kellner können kaum durch; Militärmusik und Coriandoli. Anfangs gehts noch ganz sittsam zu, die Mädchen verwahren ihre Blicke noch. Diese Kroatinnen sind am hübschesten zwischen fünfzehn und zwanzig, wenn in ganz kindliche Züge plötzlich das heiße Blut schießt; sie kokettieren schon allerliebst, aber mit einer schuldlosen Heiterkeit, die dann bei den Frauen bald einem entschlossenen Ernst der Leidenschaft weicht. Dieser Liebesernst macht den ganz eigenen Reiz kroatischer Schönheiten aus; in ihren Mienen steht, daß sie mit allem anderen spielen, aber die Liebe das Herz ihres Lebens ist. (Ich habe das Gefühl, daß sie so sind, wie Stendhal die Italienerinnen gesehen hat, die mir neben ihnen so vorkommen wie ihm neben den Italienerinnen die Französinnen.)

Oben, ganz am Ende des Saals, ist ein langer Tisch, da sitzen die Offiziere. Es ist aber, als säßen sie hinter einer unsichtbaren Mauer. Niemals springt die Lust bis an ihren langen Tisch, selbst die Coriandolis scheinen Respekt zu haben. Die Herren Offiziere sind ganz unter sich. – Auch auf der Gasse fällt das auf. Man sieht sie nie mit Zivilisten. Sie klagen, es sei ganz unmöglich für den Offizier, in die kroatische Gesellschaft zu kommen, und wenn einmal einer zufällig einer kroatischen Dame vorgestellt worden sei, drehe sie bei der nächsten Begegnung den Kopf weg, um nur seinen Gruß nicht erwidern zu müssen. Sie ziehen es deshalb vor, sich abzusondern und abseits zu bleiben. Man erinnert sich wieder unserer lombardischen Erlebnisse. Ich schlage vor, ein Gesetz zu machen, wonach der Staat jedem Offizier, der eine Kroatin zur Frau gewinnt, die Kaution stellt und jedes Kind erzieht, das ein Offizier, ehelich oder nicht, mit einer Kroatin hat, und dann die Deutschmeister oder das Linzer Regiment hinzuschicken. Da man doch immer von innerer Kolonisation spricht.

Immer enger drängt sich das Gewühl in dem dampfenden Saal, die Freude siedet, Mädchen raffen die Coriandolis von den Tischen zusammen, ballen sie, kneten sie, springen auf die Stühle und schleudern die großen Kugeln, weiße Zähne blitzen und die schwarzen Augen jauchzen, ein Stampfen ist, in den Rauch der Zigaretten fließt der Dunst verwelkender Blumen und erregter Frauen, Gelächter und Trompeten schallen, plötzlich tauchen ungeheure Schädel auf, die Menge rast, die Schädel wanken durch den Saal, es sind meine Maler von gestern, die mich so pariserisch angeheimelt haben, mit gewaltigen künstlichen Köpfen, Karrikaturen städtischer Berühmtheiten. Und nun ist alles nur noch ein einziger Knäuel tosenden Entzückens.

(Diese jungen Maler geben auch eine sehr witzige Zeitschrift heraus, Duje Balavac; sie heißen Emanuel Vidovič, Angelo Uvodič, Virgilius Meneghetto, Anton Katundrič.)

Dann noch ins Café nebenan. Ich sehe durch das Fenster auf die venezianische Loggia. Vom Platz schallt slawischer Gesang. Masken dringen ein und necken die Frauen. Die ganze Stadt des Diokletian hallt von Lust und Gier. Und in der Luft ist das Zittern einer wild verlangenden ungebändigten Kraft.

10.

Zu Josip Smodlaka.

Mit Smodlaka ging's mir wie mit dem heiligen Biagio. Den trifft man überall, wo man immer in Ragusa geht. Über jedem Tor steht er, aus jeder Nische schaut er, jede Mauer trägt sein Bild. Immer scheint es ein anderer Heiliger zu sein: bald ein zierliches Männchen, zwischen korinthischen Säulchen, den Bart ganz lang und spitz, die Mütze ganz lang und spitz, den Finger der warnenden und drohenden Hand ganz lang und spitz, so blickt er von der Porta Pile aus dem gelben Stein in den grauen Zwinger, dem lieben Nikolo bei uns zu Haus gleich; bald wieder seltsam feierlich, kindlich stilisiert, ein Sarastro aus Lebzelt, wunderbar hager und steif gehalten, in der rechten Hand das Modell der Stadt, die linke mit einem schmalen Hirtenstab, so hält er im Hafen die Wacht; bald wieder, wie über dem Fenster der alten Dogana, in der anmutigsten venezianischen Nische, ein rechter Kinderschreck und böser Gnom mit einem Umhängbart und fetten kleinen Fäusten, einem ganz kurzen, plumpen, atemlosen Rumpf und den winzigsten zittrigsten Beinchen. Und immer ist's doch derselbe: der Heilige der Stadt, dem auch die schöne Barockkirche am Stradone gehört. Er hat die Stadt in seiner Hut, jeder vertraut sich ihm an; und so geschieht's, daß jeder sich nach der eigenen Not sein Bild von ihm macht. Wie von Smodlaka. Der steht jetzt auch überall in Dalmatien. Wovon man immer mit den Leuten zu reden beginnt, um ihre Sorgen, ihre Hoffnungen, ihre Wünsche zu hören, zuletzt wird plötzlich sein Name laut. Sie klagen, sie sind bettelarm, niemand will ihnen helfen. Sagt man ihnen, es sei doch in Wien mancher gute Wille für ihre Not bereit, so verschleiern sich die mandelförmigen samtenen Augen, argwöhnisch stockt das Gespräch, dunkel wird es. Aber plötzlich lacht dann einer und sagt: »Wir werden Wien nicht brauchen, nein, wir haben ja jetzt den Smodlaka!« Und gleich ist es hell. So viel Sonne bringt ihnen der bloße Name. Oder man spricht von alten Zeiten, unter den Venezianern, unter den Türken, als der Dalmatiner noch mitten im Sturm der Geschichte stand; und die gelben Wangen röten sich, die leisen dunklen weichen Stimmen springen auf, bis einer traurig sagt: Es war einmal! Und aller Glanz ist plötzlich erloschen, und aller Stolz wieder versunken, sie sitzen still, draußen wirft die Bora den weißen Schaum über die Riffe. Sie hören es und horchen. Und in das Zischen hinein, während der Sturm so mit seinen zornigen Schwingen schlägt, daß das eherne Tor des Himmels einzubrechen scheint, fragt einer dann: Und jetzt, und jetzt? Aber da sagt ein anderer, während die scheiternden Wasser heulen: Und jetzt, vergeßt nicht, haben wir doch den Smodlaka! Und es ist, als wäre plötzlich ein großes schweres altes Schwert gezückt, durch seinen bloßen Namen. Oder man fragt etwa, ungewiß, sich in allen diesen Zank von Serben und Kroaten, Alten und Jungen, Bedächtigen und Beweglichen zu finden, fragt nach Programmen, fragt nach der Herkunft und der Richtung der Parteien, da steht mitten im Gespräch plötzlich ein ungeduldiger junger Mensch mit dunklen Locken auf und schüttelt alles ab und sagt: Das ist alles Unsinn, das zählt nicht, das sind Masken, wir haben überhaupt erst seit vier oder fünf Jahren wieder ein politisches Leben, denn unser politisches Leben in Dalmatien besteht nämlich aus Smodlaka! Und so bekam ich's immer wieder zu hören, überall, von Intellektuellen und Bauern und Arbeitern, auf dem Land und in den Städten, von Nationalen und Demokraten und Sozialisten: Smodlaka, Smodlaka! Jeder ruft ihn an, in ihm glauben sich alle zu finden. Er hat jedes Vertrauen, ihm will jeder gehorchen. Er ist die allgemeine Landesfreude. Er ist der neue San Biagio der dalmatinischen Jugend.

Dieser neue Biagio ist Advokat in Spalato, Landtagsabgeordneter und fast Reichsratsabgeordneter. Wer nämlich jetzt eigentlich der Reichsratsabgeordnete von Spalato ist, weiß man seit der letzten Wahl nicht. Die Regierung behauptet, es sei Monsignore Franz Bulič gewählt worden. Monsignore Bulič ist ein unendlich feiner, unendlich liebenswürdiger und unendlich gelehrter alter Herr, der sein Leben damit verbringt, die versunkene Stadt Salona auszugraben. Er hat ein bißchen etwas von einem alten Landpfarrer, ein bißchen etwas von dem deutschen Philologen der »Fliegenden Blätter« und ein bißchen etwas von einem Visionär. Wenn man so neben ihm sitzt, zwischen geborstenen Kapitälen, zersprungenen Aphroditen und verwaschenen Inskriptionen, und er einem nun die Stadt des Diokletian erklärt, sieht man, daß er sie sieht, vor seinen Augen steht sie da, und er geht in ihr herum. Wenn er aber in der heutigen Stadt Spalato herumgeht, hat er diese Sicherheit nicht, und ich zweifle sehr, daß er sie sieht. Was auch vielleicht ein bißchen zuviel verlangt ist von einem und demselben Mann: mit eben denselben Augen zu sehen, was vor tausend Jahren war, und zugleich, was heute ist; es gehörte dazu eine nicht gemeine Fähigkeit der Akkommodation. Die letzte Wahl spielte sich nun so ab: Smodlaka war der Kandidat, der Bezirkshauptmann aber erklärte, Bulič sei der Kandidat, was Bulič, höchst erschreckt, eifrig bestritt. Die Wähler erklärten nach der Wahl, sie hätten Smodlaka gewählt. Der Bezirkshauptmann aber erklärte, sie hätten Bulič gewählt. In Wien hielt man sich an das, was der Bezirkshauptmann erklärte. In Wien glaubt man heute noch, Bulič sei der Abgeordnete von Spalato. Bulič selbst aber glaubt es nicht, ihm ist es nicht geheuer, er übt sein Mandat nicht aus, er weigert sich, er will nicht. Wohl auch weil ihm das versunkene Salona lieber ist, da kennt er sich aus, und dort gab es auch damals noch keinen Bezirkshauptmann. Die ganze Sache ist sehr österreichisch, man muß einen österreichischen Kopf haben, um sie zu verstehen; auch in Galizien gibt es das ja, und nun muß man wissen, daß, was Wahlen betrifft, dalmatinisch noch der Komparativ von galizisch ist.

Als ich nun nach Spalato kam, beschloß ich, Smodlaka aufzusuchen. Ich wollte den Mann sehen, an den sein ganzes Volk glaubt. Solche Männer haben wir heute nicht. Wir in Wien, wir in Berlin. Vielleicht gehört es zur »Kultur«, solche Männer des Vertrauens nicht zu haben. Also ging ich aus, sein Haus zu suchen. Wie man in polnischen Städten, wohin man auch gehe, zunächst immer auf den »Ring« kommt, einen Platz, auf dem die Bewohner der Stadt ihr Leben zubringen, so ist es hier der Gospodski Trg, die Piazza dei Signori, zu der jeder Weg führt. Hier ist der Orient, alle Farben sind hier, das Leuchten der ausgebotenen Orangen verblaßt am Feuer dieser Trachten. Wunderschöne alte Leute mit ganz stillen, ganz großen Gebärden. Sie lehnen den weißen Kopf an die Mauer und ruhen aus. Sie ruhen immer aus. Manchmal schreit einer plötzlich etwas, ein anderer springt auf, sie fahren sich an, jetzt sind zehn, jetzt schon zwanzig beisammen, im Rudel so dicht beisammen, daß es ein einziger ungeheurer Rumpf mit unzähligen Köpfen und Armen scheint, sie schreien, sie stoßen, sie drängen und doch bleibt mitten im Lärm die große Ruhe da. Aus dem Gedränge ragt ein starker Arm, der einen Tschibuk hält, mitten im Gedränge. Und wie einen schweren dichten Mantel haben sie noch immer ihre große Ruhe um. Und plötzlich ist es aus. Und plötzlich ist alles wieder still. Und die weißen Köpfe lehnen wieder an der Mauer, ausruhend. Ich gehe auf den mit dem Tschibuk los, um ihn nach Smodlaka zu fragen. Ich frage italienisch. Er versteht mich nicht. Ich zeige den Brief, den man mir für Smodlaka gegeben hat. Und ich wiederhole: Smodlaka, Smodlaka! Ein bildhübscher junger Mensch hört den Namen, tritt auf mich zu und spricht mich kroatisch an. Ich antworte italienisch, er wieder kroatisch. Ich verstehe, daß er italienisch versteht und es nur nicht sprechen will. Pantomimisch bietet er sich an, mich zu führen. Wir gehen. Ein zweiter Jüngling, auch dieser wunderhübsch und von einer merkwürdigen Wildheit, schließt sich an. Und gleich noch ein dritter, sehr groß, mit exzessiven Beinen. Und bald ist es ein ganzer Zug, ich mitten drin, langsam durch die Gassen stapfend, und die schlanken, hitzigen Burschen neben mir mit ihren federnden, drängenden Tritten. Der bloße Name Smodlaka hat mir eine ganze Garde von Jugend gebracht. Und seltsam kommt's mir vor, wie wir so schreiten, so gar nichts Slawisches an ihnen zu finden. Wie junge, frohe, deutsche Turner sind sie.

Smodlakas Zimmer ist ganz einfach. Ein großer Schreibtisch, zwei Sessel, sehr viel Bücher. Kroatische, russische italienische, englische, französische, deutsche Bücher. Viel Staatswissenschaft, Ökonomie, Statistik. Sehr viel Geographie, sehr viel Orient, sehr viel Kolonien. So mags bei Dernburg aussehen. Oder mein lieber Johannes V. Jensen könnte diese Bibliothek haben. Aber da kommt Smodlaka und ich frage, verwirrt, ungläubig, fast erschreckt: Herr Doktor Smodlaka? Er lacht und sagt ein paar freundliche Worte, schon sind wir mitten im Gespräch; er gehört zu den Menschen, die man nach zwei Minuten seit Jahren zu kennen glaubt. Und doch kann ichs noch immer gar nicht glauben, daß dies wirklich, dieser Wikinger, dieser Ibsen-Mensch hier vor mir, Smodlaka sein soll, der Heilige von Dalmatien! Und dann fällt mir ein, daß daran aber bloß Heinrich Mann schuld ist. Nämlich sein Pavic, in den »Göttinnen«, der morlakische Tribun, trifft das, was sich ein Deutscher unwillkürlich unter einem südslawischen Demokraten zu denken gewohnt ist, so sehr, daß man es nun dem Leben gar nicht glauben mag, es könnte doch auch anders sein. Jetzt weiß ich das erst und werde lachend gewahr, daß ich bei mir, ohne es selbst zu wissen, Smodlaka ja die ganze Zeit als Pavic gesehen! Mit wehendem Bart, mit flatternden Gebärden, mit schnaubender Stimme. So einen kleinen kroatischen Gambetta halt. Und nun sitzt eine Art Roosevelt vor mir, ein Luftmensch, ein Ingenieur, stark bäuerisch im Denken, einer, der keine Worte macht, sondern Hand anlegt, kein Phantast, ein Rechner, einer, der sich nicht an Phrasen, sondern an das Bedürfnis hält, einer, der auf kein Programm, sondern auf die Not hört, ein Wegmacher, der vor dem eigenen Hause beginnt, einer, der ausholzen und Luft haben und Licht machen will. Und ich reibe mir die Augen und frage plötzlich: Ja, bin ich denn in Schweden? Da sieht er auf und lacht. Es ist das kurze helle Lachen eines tätigen Germanen. Und dann sagt er: »Der Vergleich wäre gar nicht übel. Wir sind mehr Schweden, als man weiß. Wir sind Bauern. Spalato ist eine von Bauern bewohnte Stadt. Und ganz Dalmatien ist bäuerisch. Aber die Kraft dieser Bauern liegt gebunden. Und wenn Sie mich schon um mein »Programm« fragen: diese gebundene Kraft wollen wir entbinden, damit der Bauer werde, was er sein kann. Das ist unser Hochverrat. Wir haben neunzig Prozent Analphabeten, und wenn wir Schulen verlangen, nennt man es Hochverrat. Wenn wir Wanderlehrer zu den Bauern schicken, weil diese gern lesen und schreiben lernen möchten, kommt der Gendarm über uns, und es ist Hochverrat. Wenn wir Sparkassen gründen, ist es Hochverrat. Wenn wir gegen die Kolonenwirtschaft sind, die jeden modernen Betrieb unmöglich macht, ist es Hochverrat. Wenn unsere jungen Dalmatiner nach Amerika gehen, dort arbeiten und ein höheres Leben kennen lernen, das sie dann mit nach Hause bringen wollen, ist es Hochverrat. Diesen Hochverrat werden wir so lange fortsetzen, bis wir ihn durchgesetzt haben werden. Wir haben keinen besonderen Wunsch, dabei Gewalt anzuwenden. Sollte man dies aber durchaus wünschen, so ist es Bauernart, auch damit dienen zu können.« Und er wiederholt nachdenklich: »Schweden wäre wirklich gar nicht schlecht. Noch lieber aber Norwegen. Das ist es ungefähr, dahin will unsere Zukunft. Nach einer solchen langsamen, bäuerlich behutsamen und bäuerisch beharrlichen, bedächtig zuschreitenden Entwickelung, von unseren Bedürfnissen aus, unseren Möglichkeiten gemäß, verlangen wir. Diese Möglichkeiten möchten wir zu Wirklichkeiten machen. Auf unsere Art wollen wir unser Land bestellen. Das hält man in Wien für gefährlich. Uns aber verhungern zu lassen, wird vielleicht noch gefährlicher sein. Jedenfalls zeigen wir dazu keine Lust. Und das findet man unpatriotisch.«

Und er schildert mir dann das Land und das Volk von den alten Zeiten her. Ich sage, welchen seltsam wehmütigen Zauber es für mich hat. »Ästhetisch,« sage ich, »bin ich in den dumpfen Gehorsam und die fast tierische Treue, die es im Blute hat, ganz verliebt. Politisch freilich –?«

»Nun ja«, sagt er, in seiner stillen Art. »Aber vergessen Sie nicht, daß wir die Regierung haben, das ist unser großes Glück, die wird uns den Gehorsam schon noch austreiben.«

****

Von Smodlaka zu Bulič. Es ist gar nicht weit. Ein paar Schritte und man ist aus dem zwanzigsten Jahrhundert in das vierte getreten.

Ein großer alter Bauer, mit der langsamen Feierlichkeit eines Landgeistlichen und den weltblinden Augen eines Visionärs. Baumeister als Attinghausen hat diesen Blick eines Entrückten, der schon drüben ist. Ein dalmatinischer Abbé Constantin mit einem Zug ins Heroische der großen

Träumer. Ein freundlicher alter Herr, den die Gicht plagt, aber wenn er dann von seiner Stadt Salona beginnt, wird er fanatisch jung. Und man spürt, daß es ein Besessener ist. Diokletian und Salona, das ist seine Welt; der Rest macht ihn ängstlich und verwirrt.

Aber auf unsere Regierung ist er noch viel schlechter zu sprechen als Smodlaka. Sie versteht nämlich auch vom Palast des Diokletian nichts. Er erzählt mir, wie er, vor Jahren schon, als er eben zum Konservator ernannt worden war, sich feierlich ins Amt begab, um dort den Palast des Diokletian als Staatseigentum anzumelden, wodurch er ihn vor barbarischen Eingriffen zu sichern glaubte. Statt nun aber dafür, wie er fest erwartete, belobt zu werden, was denken Sie, was geschah? Er steht auf und faßt mich an, er kann es noch heute nicht glauben. Was denken Sie? Das errät niemand! Was denken Sie, was geschah? Ich hätte einen Orden verdient, aber ich bekam eine Nase. Eine Nase! Und er reibt sich seine, als ob es jene wäre. Statt mir zu danken, daß ich das einzige Mittel fand, den Palast zu schützen! Aber im Finanzministerium meinte man, daß es Geld kosten könnte. Und davon wollen sie nichts wissen in Wien. Wenn ich nach Wien komme, heißt's immer: Sehr schön, sehr gut, aber wir haben kein Geld! Und wieder springt der alte Herr auf, nimmt mich an den Schultern und wiederholt, mit seiner schweren zornigen Stimme, ratlos: Kein Geld, für den Palast des Diokletian kein Geld! Und wenn ich nach Wien komme, wollen sie mich schon gar nicht mehr anhören, der Sektionschef läßt sich verleugnen und entschuldigt sich mit Geschäften, die wichtiger sind. Wichtiger als der Palast des Diokletian! Und er tippt mit seinem knöchernen Finger auf meine Schulter und sieht mich aus seinen versunkenen Augen an und wiederholt das Unbegreifliche: Wichtiger als der Palast des Diokletian!

Ich muß lachen, weil ich mir denken kann, wie seltsam, ja fast unheimlich denen in Wien der alte Schwärmer vorkommen mag. Und das Gesicht des jungen Referenten im Ministerium, als damals ein so gar nicht erwünschtes Staatseigentum »angemeldet« wurde! Und den Schrecken, den sein juristisches Gemüt bekam! Die »Nase« war ja sicherlich rechtmäßig fundiert. Denn es kommt in einem Rechtsstaat nicht darauf an, Recht zu haben, sondern die rechte Form zu finden. Einen aber, der das Rechte will, auf den rechten Weg zu bringen, ist nicht Sache des Referenten. Auch muß es denen in Wien unbegreiflich sein, wie man sich um etwas kümmern kann, das einen schließlich ja gar nichts angeht. Dem braven Bulič aber, wie Gott ihn nun einmal geschaffen hat, muß es wieder unbegreiflich sein, daß ihnen das unbegreiflich ist. So geht es in der Welt, und einer hält dann den anderen für schlecht und dumm.

Nun schildert er mir die Leiden seiner Ausgrabungen. Der Taglohn steigt, der Betrag, den man ihm in Wien ausgesetzt hat, bleibt lächerlich klein, so stockt das Werk. Und was gefunden wird, kann er nicht unterbringen. Der enge Raum des Zimmers, das einstweilen als Museum dient, ist längst überfüllt. Seitdem liegt alles in Kisten verpackt, die in Kellern warten. Er kann nicht wissenschaftlich arbeiten, weil er nichts mehr aufstellen, nichts mehr ordnen kann. Und die Miete der Keller, in denen die Kisten liegen, verringert noch den Betrag, mit dem er für sein Werk auskommen soll. Endlich ein wirkliches Museum zu bauen ist unabweislich. Dann kann endlich erst alles ausgepackt und aufgestellt werden, dann erst wird er arbeiten können, dann erst ist es möglich, junge Gelehrte herzuziehen, die ihm helfen, dann wird man die Wunder von Salona sehen, dann werden die Fremden kommen! Ein Architekt hat ihm den Plan dieses Museums entworfen. Damit ist er dann wieder einmal nach Wien gereist und hat die in Wien so bedrängt, daß sie schließlich, um ihn nur wieder los zu werden, sich nicht anders zu helfen wußten, als durch die Zusage, die Baukosten zu bewilligen, unter der Bedingung jedoch, daß die Stadt Spalato dafür aus Eigenem den Bauplatz beizustellen hätte. Sie dachten wohl, er könnte dies von der Gemeinde niemals erreichen und sie stünden dann noch als die verkannten Wohltäter da, ohne Kosten, und hätten Ruhe. Und wirklich wollte die Gemeinde zuerst nicht. Bulič aber, der selbst im Rat der Stadt sitzt, bedrohte sie so, daß endlich keiner mehr zu widersprechen wagte. Nur versuchten sie noch, sich auszureden, indem sie behaupteten, es werde ja doch nichts nützen, denn die Regierung werde nicht halten, was sie versprochen, weil sie noch nie gehalten hat, was sie versprochen hat. Aber da sprang Franz Bulič auf, und indem er drohend seine schwere Hand gegen die Zweifler hob, sprach er: »Ich habe das Wort der Regierung und so kann ich, Franz Bulič, den Ihr kennt als einen wahrhaft gesinnten Mann, der nie gelogen hat, ich kann euch schwören, daß, wenn ihr den Grund gebt, die Regierung das Geld geben wird, und wer ist unter euch, der an meinem Eide zweifelt?«

Mitten im Zimmer steht er, erzählend, mit erhobener Hand, wie wirklich vor der ganzen Gemeinde. Dann besinnen sich seine fernen Augen, kommen langsam zurück, und indem er sich wieder zu mir setzt, sagt er: So sprach ich ins Gewissen der versammelten Gemeinde, da gaben sie den Grund, aber die Regierung gab das Geld nicht, jetzt lachen sie mich aus, und ich muß mich schämen!

Natürlich ist man in Wien empört, daß die Regierung verdächtigt wird, nicht zu halten, was sie versprochen hat. Das ist auch eine Verleumdung, denn die Regierung sagt keineswegs, daß sie das Geld nicht geben wird. Sie wird es schon geben, sie läßt sich nur Zeit. In dieser Zeit aber (fünf Jahre mag es her sein) ist es geschehen, daß inzwischen in der Stadt der Arbeitslohn um etwa vierzig Prozent gestiegen ist. Wenn nun also, nachdem die Gemeinde den Grund gegeben hat, die Regierung, wie sie versprochen hat, schließlich doch einmal das Geld geben wird, das der Architekt damals gefordert hat, so wird man nun erst wieder nicht bauen können, denn das Geld reicht jetzt nicht mehr, und mehr als sie versprochen hat, wird die Regierung nicht geben, und sie kann dann noch sagen, daß man eben wieder einmal sieht, wie mit diesen Dalmatinern nichts zu machen ist, und das ausgegrabene Salona bleibt weiter in Kisten verpackt, in Keller versenkt, und kein Forscher, kein Fremder kriegt es zu sehen, und kein Forscher, kein Fremder kommt mehr, und die in Wien haben Ruhe.

****

Mitternacht. In der Kabine, heimwärts zu fahren. Langsam stößt das mächtige Schiff aus dem Hafen, die Lichter der frohen Stadt erblassen. Und in mir ist eine wunderbare Sicherheit: Diese Menschen hier sind stark, sie werden stärker sein als alles!

Und dann fragt es noch in mir: Warum? Warum wollen wir dieses kräftige Volk voll Zukunft nicht für uns haben? Es ist bereit, warum stoßen wir es weg?

Ich hätte manchmal weinen mögen, über unsere Dummheit. Das schönste Land mit den treuesten Menschen trägt sich uns an und wir wollen es nicht. Warum, warum?

Aber dann denke ich, daß selbst die Dummheit vergebens gegen die Götter kämpft. Die Götter sind stärker, die Macht der Entwicklung siegt. In unserer ganzen Geschichte geht es ja doch immer so, daß wir dumm sind und doch zuletzt etwas Gescheites daraus wird. Wir sind dumm gewesen und haben Deutschland führen wollen. Da sind wir aus Deutschland geworfen worden und nun bleibt uns doch nichts übrig als auf den Balkan zu gehen. Wir sind wieder dumm, wir wehren uns, wir wollen nicht. Aber wir müssen. Wenn es um das Leben geht, hört der Mensch auf, dumm zu sein. Wir müssen auf den Balkan. Wir können aber nicht auf den Balkan, wenn wir unserer Südslawen nicht sicher sind. Bosnien und die Herzegowina zu nehmen kann nur den Sinn haben, daß Österreich seine Zukunft auf dem Balkan sucht. Dazu braucht es das Vertrauen der Slawen auf dem Balkan. Diese muß es sich zu Freunden machen. Kann es sich diese zu Freunden machen, wenn es der Feind ihrer Brüder, seiner eigenen Slawen, bleibt? Sollen uns die Slawen auf dem Balkan vertrauen, so kann es nur geschehen, wenn unsere Slawen in Dalmatien und Kroatien ihnen Lust dazu machen. So lange wir hier aber wie in Feindesland hausen, wird dies die drüben nicht verlocken, sich uns anzuschließen. Wir müssen auf den Balkan, aber wir können es erst, wenn Bosnien und die Herzegowina, Dalmatien, Kroatien und Slawonien beisammen und für Österreich bereit gemacht sind.

Die Geschichte wird sicher wieder gescheiter sein als wir, mir ist gar nicht bange. Still atmet die Nacht zu den Luken herein und wiegt mich; das Wasser schlägt ans Schiff. Mich schläfert, es kreiselt durch das Hirn und ich denke noch, daß ja sicher, bis ich wieder, vielleicht im Herbst, nach Dalmatien komme, diese Verwaltung schon weggejagt und hier ein freies Volk sein wird, an Österreich gläubig, durch Österreich stark, für Österreich bereit, da die Geschichte ja noch immer gescheiter war als wir.

11.

Nach Agram. – Architektonisch läßt sich nichts Österreichischeres denken als die alte Stadt Agram, oben beim Palast des Banus und rings um den Dom. Schönstes österreichisches Barock, in welchem sich der südlichen Anmut gleichsam ein bedächtiger deutscher Ernst, ein bürgerlich haushaltender Sinn auf die Schulter setzt. Häuser von einer so lieben Einfalt, stille Balkone, Fenster mit verkrausten Kranzeln sind da im Gewinkel und Gewirr verschlafener Gassen und verbogener Ecken, daß man sich die Augen reibt und verwundert fragt: Ja, bin ich denn in Salzburg oder der alten Stadt Steyr? Und unwillkürlich glaubt man, gleich wird aus einem der engen Fenster ein Wiener Hofrat seinen alten Kopf stecken, um das Land zu mustern! Tritt man dann, an dem Wohnhaus des Barons Rauch vorbei, das wie aus einem Stück von Goldoni aussieht, auf die Promenade hinaus, die nach dem Bischof Stroßmayer heißt, so breitet sich das lieblichste Tal aus, mit anmutigen Villen auf sanften Gehängen, und in der Ferne glänzt die Save weiß. In die untere Stadt zurückgekehrt, steht man vor dem Jelacic, den Fernkorn auf den großen Platz gestellt hat, hoch zu Roß und den Säbel froh gezückt, gegen Ungarn hin. Da brechen Erinnerungen auf, und man kann die Wandlungen der abwechselnden österreichischen Geschichte repetieren.

Ich ging dann ins Gericht, wo jetzt dieser Prozeß gegen die Serben spielt. Ich meine nämlich, daß man Menschen aus ihren Reden niemals erkennen kann, wenn man sie nicht leibhaftig vor sich gesehen hat. Die Gesichter der Menschen muß man sehen, dann bekommen ihre Reden erst den rechten Sinn. So saß ich denn und sah mir die Gesichter an, der Richter oben und der Beschuldigten. Ich erlebte dabei wieder einmal, was ich doch im Grunde für ein Theatermensch bin. Gleich waren meine Gedanken bei Reinhardt, als hätte der ein Stück zu inszenieren, und ich säße bei seiner Probe. Irgendein Stück von der Tolstoischen Art, wo denn immer, wie das schon Tolstoischen Gedanken entspricht, das Licht den Angeklagten günstiger ist als den Klägern. Aber ich würde da sicher zu Reinhardt sagen: »Das ist nun wieder recht Ihre Art mit Ihrer Vorliebe für die ganz starken Ausdrücke, durch die gleich im ersten Augenblick dem Publikum alles handgreiflich gemacht und seine Sympathie sogleich entschieden werden soll! Ich verstehe das schon, aber, lieber Max Reinhardt, übertreibt denn das Leben so? Ich dächte, so drastisch klar abgeteilt sind die Dinge doch im Leben nicht. Und mir wird angst, ob wir da nicht auf einmal wieder in der alten Komödie sind, mit den fuchsroten Bösewichtern und der schwanweißen Unschuld. Geben Sie nur acht!« Es kann aber sein, daß Max Reinhardt mehr vom Leben weiß als ich; die Dinge teilen sich da manchmal wirklich gar drastisch ab, und der Unterschied von der alten Komödie ist vielleicht nicht so groß.

Ein kahler, heller Raum. Die Luft ist trüb. Wenig Publikum. Und diese paar Leute drücken sich eng aneinander und halten sich ganz still. Sie sind scheu und regen sich nicht. Denn das Publikum wird hier sehr streng gehalten. Die Frau des Doktors Hinkovic, des Hauptverteidigers, hat neulich mit ihrer Nachbarin gesprochen, gleich hat sie fort müssen.

Im Halbrund am Fenster sitzen die Richter mit großen vorhängenden kupfrigen Gesichtern, dicken Schnauzbärten und vagen, wie verlorenen Augen, aus denen nur Gehorsam blickt. Merkwürdig ist der stets gereizte Präsident, der aussieht wie jemand, der schlecht schläft und böse Träume hat. Er hört nicht gern zu, besonders den Anwälten nicht. Lieber spricht er selbst. Er kann kaum seine nervösen Hände beherrschen; immer auf dem Sprung sitzt er da. Nimmt einer der Anwälte das Wort, so schüttelt's ihn, und er fährt los. Sie wollen immer beweisen, daß diese oder jene Handlung nicht geschehen sei; ihn aber scheint mehr die Gesinnung zu interessieren. Und er führt manche Neuerungen in den Prozeß ein; wie er z. B. den Verteidigern verboten hat, den Angeklagten, die doch noch gar nicht verurteilt sind, die Hand zu reichen. Eine gute Figur macht der Staatsanwalt. Er zeichnet sich dadurch aus, daß er Talent zu haben scheint. Noch jung, schlank, kampfbereit, agil mit seinem Zwicker hantierend und von einer fast katzenhaften Anmut der beweglichen Gebärden, weiß er seine Sache unbedenklich zu führen. Besonders geschickt ist er im Angriff, wobei ihm eine gewisse geistige Gelenkigkeit hilft, die jeden Augenblick die Stellung wechselt und, wenn ein Argument versagt hat, es sogleich mit dem Gegenteil versucht, immer wieder von einer anderen Seite her. Er hat eine geschmeidige Intelligenz, die jeden Sprung wagt, in dem sicheren Gefühl, zuletzt schon irgendwie wieder auf die Füße zu fallen. Und wenn es einmal für ihn gefährlich wird, läßt er sein Temperament schießen und will überrennen. Seine Begabung wird sichtlich vom Präsidenten gewürdigt. Der Staatsanwalt heißt Accurti, und für die angeklagten Serben soll es eine Art Trost sein, daß seine Frau von dem letzten serbischen Wojwoden Suplikac stammt.

Die Angeklagten sind Lehrer, Popen, Händler und kleine Beamte vom Land, fast durchaus ganz arme Leute. Sie sitzen ergeben da, halb ermüdet, und halb schon ein bißchen gelangweilt; und manchmal reißt einer weit die traurigen Augen auf, als müßte das alles, was er hier hört, doch nur ein einziges großes Mißverständnis sein, und dann senkt er den Kopf wieder und ergibt sich, es gelassen zu tragen, oder sein stiller Blick geht langsam im Saal herum, Menschen suchend. Seit Monaten sind sie in Haft, Monate haben sie noch vor sich. Und dann? Sie sind angeschuldigt, den Tod durch den Strang verdient zu haben. So sitzen sie halt in dem kahlen Raum mit dem trüben Licht und erwarten. Einer fällt unter ihnen auf, Adam Pribicevic, der Hauptangeklagte, mit seinem weißen, geistig zerquälten Gesicht und den großen, fernblickenden Augen. Es ist das Gesicht eines logischen Schwärmers, den viele Fragen gepeinigt haben, eines Suchenden, der sich mit der Welt nicht abfinden kann, eines Unsteten im Geiste, der alles Leid austrinken will, um die Wahrheit über das Leben zu erfahren; einen Hamlet-Zug hat es. Er und der Staatsanwalt, da sieht man vielleicht nebeneinander die beiden Enden der Menschheit. Stark scheint in ihm das Bedürfnis zu sein, ins Volk zu gehen und zu helfen. Was er zu wissen glaubt und für recht hält, will er nicht für sich behalten, sondern es soll unter die Menschen kommen, um die Leiden zu lindern. Dieses Bedürfnis haben junge Russen oft; bei uns ist es ziemlich unbekannt, weshalb es für ihn schwer sein wird, sich hier verständlich zu machen. Man sieht ihm an, daß er mit Zweifeln gerungen hat, und er macht den Eindruck, ein sehr zartes und reizbares Gewissen zu haben. Deshalb sind auch seine Antworten zuweilen von einer Art, die nicht üblich ist. In einer Verhandlung ist ihm gedroht worden, in Ketten geschlossen zu werden. Er antwortete: »Ich fürchte das nicht. Denn körperliche Qualen können mich nicht schrecken. Sie sind mir eher erwünscht, weil sie die anderen, die geistigen, betäuben und die Seele besänftigen.« Zu einer solchen Menschenart, wie sie sich in diesen Worten ausspricht, wird man hier vielleicht kein rechtes inneres Verhältnis finden, aber dies scheint er nicht zu bemerken. Er gehört wohl zu den gläubigen Seelen, die sich, wenn sie etwas für recht halten, ganz sicher fühlen, und er weiß noch nicht, wie die Menschen einander oft mißverstehen.

Die Verteidigung führt der Doktor Hinkovic. Er wird hier jetzt ebenso geschätzt als gehaßt. Mit einer gewissen großen Vereinfachung, die dann freilich im einzelnen nie völlig stimmt, kann man sagen, daß einst Kroatien zwischen Stroßmayer, dem großslawischen Schwärmer, und dem alten Starcevic, für den es auf der Welt nur Gott und die Kroaten gab, geteilt war. Wer nun in dieser Richtung des Starcevic weiter denkt, hält sich jetzt an den Doktor Josip Frank, während die Gläubigen des großen Bischofs zur serbokroatischen Koalition gekommen sind, der der Doktor Hinkovic angehört. Er ist ein unermüdlicher Verstandesmensch, der ganz genau weiß, was er will, und seine Zeit abwartet. Die Neigung, eher ein Wort zu wenig als ein Wort zuviel zu sagen, hilft ihm sehr, und es ist sein Sport, sich um keinen

Preis provozieren zu lassen. Als seine Frau neulich aus dem Saal verwiesen wurde, ist er ganz still gesessen, man hat ihm nichts angesehen, und es war nichts zu machen. Seinem Kollegen, dem Serben Doktor Dusan Popovic wird dies weniger leicht, er hat ein prachtvolles Temperament, gleich schießt ihm das Blut in den ehrlichen Kopf, und er ringt insgeheim die Hände, weil er, ganz wie die Angeklagten selbst, gar nicht verstehen kann, warum man denn oft, statt Aufklärungen hinzunehmen, die ganz plausibel sind, noch nach ferneren und unwahrscheinlichen Motiven sucht.

Dann ist mir noch was Lustiges passiert, wie es schon mein Schicksal scheint, in meinem Vaterland nirgends unangefochten zu bleiben. Die Bank der Journalisten war besetzt, so luden mich die Verteidiger ein, zu ihnen zu kommen. Dies war mir erwünscht, weil sie mir ja manches erklären konnten. Auch habe ich einen Hang zu symbolischen Akten, da war es mir recht, mich an die Seite des Mitleids zu setzen. Wohl eine Stunde saß ich dort, sehend und hörend, bis dann plötzlich der Staatsanwalt in einen Zwist mit dem Doktor Popovic neben mir geriet. Da fragte der Präsident, wer denn eigentlich der neue Verteidiger da wäre, nämlich ich. Und ich verstehe ja gewiß, daß Zuschauer und Zuhörer aus dem Norden oder Westen hier jetzt nicht gerade sehr erwünscht sind oder doch sich so plazieren sollen, daß sie nichts davon verstehen. Übrigens weiß ich dem Präsidenten allen Dank, es ist mir lieber, daß er mich fortgeschickt hat, als wenn er mich am Ende dort behalten hätte.

Nachts fuhr ich heim. Die Strecke nach Steinbrück scheint die Bestimmung zu haben, die Entfernung zwischen Agram und Wien zu vergrößern. Der Zug war mit Auswanderern voll. Bauern vom kroatischen Land, nach Amerika getrieben, ein paar hundert. Ächzend schob der Zug sich in die schwarze Nacht hinein. An den Stationen, im Dunkel, ihre Mütter, Weiber und Kinder, mit den Schürzen winkend, in die Hände weinend. Der ächzende Zug aber unerbittlich fort in die schwarze Nacht. In der Ferne verhallt das Wimmern. Und die Bauern schreien, gewaltsam: Nach Amerika!

12.

Als Epilog noch einiges, was die Fahrt ergab.

Von Ragusa schrieb ich an das Berliner Tageblatt um Hilfe:

Um Berliner wird gebeten.

Nämlich in Dalmatien.

Ich war jetzt wieder unten. Und überall dieselbe Klage, noch immer: Wir haben keine Fremden! Und überall derselbe Wunsch, wieder: Ja, wenn wir Berliner hätten! Allen ist es ausgemacht: Nur Fremdenindustrie kann uns retten. Oder wie sie's gern sagen: Nur als Adriatische Schweiz können wir leben. Und dürfen wir es nicht ansprechen? Wird nicht die Landschaft der Bocche, mit den weißen Bergen am blauen Golf, nordischen Fjorden verglichen? Lockt Lakromas verwunschener Hain nicht weicher als Korfu? Haben wir in Salona, kaum eine halbe Stunde von Diokletians verwittertem Palast, nicht unser Pompeji? Nicht die ganze Küste von Arbe bis nach Ragusa hinab Reste der venezianischen Herrlichkeit, mit einer Kraft im Zierlichen, einer Unschuld im Prächtigen, einem Frühling in der Anmut hier, die daheim, in der Sicherheit des eigenen Landes, längst zum Buhlerischen, Üppigen, Prahlerischen entartet? Und dazu das Gewimmel serbischer, albanischer, türkischer Trachten, in durchsonnten Farben! Und auf dem angestammten Stolz ungebrochener Leidenschaften liegt der bronzene Glanz der slawischen Wehmut! Uralte Sitten, aus griechischer Zeit noch, walten im Land, der Orient greift herein, aber schon wühlen westliche Gedanken, Hoffnungen aus dem Norden das Volk auf; und dies alles wird von dem ahnungslosen österreichischen Militär bewacht! Galizien und Castilien und der Peloponnes ist hier, aber in die Jugend bläst ein Alarm von Amerikanismus, Jugend dehnt sich, Jugend streckt die kühnen Arme, während von den Forts der Radetzky-Marsch klingt! Wo gibt es das noch, extremen Osten und Westen, Süd und Nord, Urzeit und Zukunft so beisammen? Hier könnt ihr ein totes Land sehen! Und hier könnt ihr ein Land erwachen sehen! Es ist ein ganz einziger Augenblick. Und hier könnt ihr den Orient begreifen, in seiner stillen Heiligkeit, und den österreichischen Bezirkshauptmann, in seiner lauten Albernheit! Aber sachte gleiten diese neuen großen, schönen Dampfer des Lloyd durch die glitzernde See, weiße Möwen ziehen mit. Möwen, aber keine Fremden. Warum kommen keine Fremden? Warum kommen die Berliner nicht? In zwei Tagen kann man von Berlin in Triest, in vierundzwanzig Stunden von Triest in Ragusa sein. Warum kommen die Berliner nicht? So hat man mich überall gefragt.

Es gibt drei Gattungen von Berlinern, die im Winter reisen. Erstens die reichen Berliner. Sie gehen nach Schierke oder nach Kitzbühel oder auf den Semmering. Dann die sehr reichen Berliner. Sie gehen nach Sankt Moritz. Endlich die ganz reichen Berliner. Die gehen an die Riviera oder an den Nil. Den Dalmatinern wäre jede der drei Gattungen recht. Warum kommt keine?

Ich habe den Dalmatinern auf ihre Fragen gesagt, daß wahrscheinlich deswegen kein Berliner nach Dalmatien kommt, weil noch kein Berliner nach Dalmatien gekommen ist. Ich meine damit nicht bloß, daß der Berliner wenig Neigung hat, einen Ort aufzusuchen, wenn er nicht sicher ist, dort schon einen anderen Berliner vorzufinden. Er geht dorthin, wohin »man« geht. Er gehört nicht zu den Entdeckern im Reisen. Dies überläßt er den Engländern, deren Stolz es ist, die ersten zu sein und ein Land sozusagen zu deflorieren. Aber ich meine damit auch noch, daß hier erst einmal ein paar Jahre lang Berliner gehaust haben müßten, um Dalmatien für Fremde einzurichten. Denn wenn der Berliner auch kein Entdecker im Reisen ist, so gleicht er doch dem Engländer darin, daß er als Reisender produktiv ist, indem er seine Gewohnheiten, Sitten und Ansprüche in das Land mitnimmt und hier unterbringt. Dies aber ist es, was wir hier brauchen, um Dalmatien erst für Europäer wohnlich zu machen; und die Kraft dazu fehlt den Ungarn und den Wienern ganz, den einzigen Gästen, die Dalmatien bisher hat. Nachdem man der österreichischen Regierung zwanzig Jahre lang vorgesagt hat, es könne doch auf die Dauer nicht genügen, dieses Land immer noch bloß militärisch besetzt zu halten, sondern sie müsse nun doch auch einmal mit einer Art Verwaltung beginnen, es müsse für das Land irgend etwas einem Regieren Ähnliches geschehen, und das Nächste sei, Fremde herzubringen, fängt sie jetzt langsam mit Erstaunen an, dies einzusehen, glaubt nun aber alles getan, wenn sie den Lloyd verhält, diese beiden neuen schönen großen Dampfer auszurüsten, den »Baron Gautsch« und den »Prinzen Hohenlohe« (im Ministerium gilt es nämlich für die Hauptaufgabe unserer Schiffahrt, eine Art Walhalla der großen österreichischen Politiker zu sein), und wundert sich baß, daß diese behaglichen Schiffe mit ihren liebenswürdigen Kapitänen dreimal wöchentlich leer sind. Achthundert hätten Platz, meistens sinds keine Zwanzig: ein paar Offiziere, nach Cattaro versetzt, ein paar Offiziersfrauen, die ihre Männer auf vierzehn Tage besuchen, und die paar Ungarn und Wiener, die eine Woche im Hotel Imperial in Ragusa verbringen wollen, um einen Schnupfen loszuwerden. Läßt sich ein solcher einmal verlocken, auch nach einer anderen Stadt oder gar nach einer der Inseln zu gehen, so kommt er eilends zurück, entsetzt, zerstochen und halb verhungert. Er ändert aber nichts. Denn Ungarn und Wiener sind als Reisende ganz unproduktiv. Der Engländer, der ein produktiver Reisender ist, sagt: Nein, das ist kein Bett, das ist kein Essen, das ist kein Waschtisch, sondern das Bett muß so sein, das Essen so, der Waschtisch so, vorwärts! und außerdem will ich noch folgendes! Der Engländer weiß genau, was er will, zeigt es und läßt nicht ab, bis er es durchgesetzt hat. Der Ungar schimpft, reist ab und schließt daraus, daß Dalmatien ungarisch werden müsse. Der Wiener verdirbt sich den Magen, aber gern, weil ihm das wieder einmal beweist, daß es nur eine Kaiserstadt gibt. Und so zeigt niemand diesen höchst willigen Leuten hier, was der Fremde braucht. Sie sind bereit, man muß es ihnen nur sagen, denn sie wissen es nicht, man muß sie nur erziehen. Weshalb ich wiederhole: Um Berliner wird gebeten! Denn der Berliner nimmt seine Sitten, seinen Geschmack, seine Gewohnheiten auf Reisen mit und weiß sie überall mit Entschiedenheit zu installieren. Beliebt macht er sich dadurch wenig, was ja wohl auch kaum sein eigentlicher Ehrgeiz ist. Aber man weiß: wo Berliner einmal einige Zeit waren, da kann man getrost hin. Es gibt unter den Deutschen keinen anderen Stamm, der so sehr die Kraft hat, zu kolonisieren.

Um Berliner wird gebeten. Noch aus einem dritten Grunde. Wo nämlich ein Berliner hinkommt, entsteht eine G. m. b. H. Jedes Gespräch in Dalmatien aber schließt damit, daß man überall eine Gesellschaft mit beschränkter Haftpflicht nötig hätte. Mit Wienern geht das nun leider nicht, weil der Wiener seinen ganz eigenen Begriff von Geschäften hat. Ein Geschäft, meint er, ist, was nachweisbar acht Prozent trägt, aber pupillarsicher. Der Berliner weiß, daß man bei einem Geschäft auch verlieren kann. Der Wiener sagt: Dann kaufe ich mir lieber gleich ein Los. Als Argument führt er dafür an: Wenn schon, denn schon! Und so geschieht's, daß man in Istrien und Dalmatien, die ganze Küste hinab, alle zwei Stunden an ein Geschäft kommt, das bereit steht, für das aber kein Geld zum Betrieb zu finden ist. Bei den Leuten hier nicht, denn sie sind bettelarm. Bei der Regierung nicht, die sie mit Flausen betrügt; auch ist sie der Ansicht, Brücken oder Straßen nicht nach der Notwendigkeit, sondern nach dem Servilismus der Ortschaft zu vergeben: Wählt klerikal, dann kriegt ihr die Eisenbahn! Und ein alter Grundsatz bei uns ist: daß man, um Zement machen zu dürfen, erst eine patriotische Gesinnung nachweisen muß. Was nun die guten Kroaten noch nicht begreifen wollen; sie sind erst hundert Jahre lang österreichisch. Sehen sie sich nun aber sonst nach Geld um, so tritt ihnen die Wiener Forderung der sicheren acht Prozent in den Weg. Und so bleiben die Geschäfte stehen und warten. Mir ist es eine Qual, hier zu reisen, mit den wartenden Millionen am Ufer. Da ist Opcina, oberhalb von Triest, die seligste Höhe, die ich weiß, im Schutz der Berge, mit dem Blick übers Meer, auf Miramar und Grignano, bis zu den Lagunen des weißen Grado hin, Alpenmacht und Meerespracht in der düsteren Einsamkeit des Karst; lind lächelt die Luft, die Welle tanzt, Segel leuchten, Möwen blinken, die Erde hat kein helleres Glück, und da steht ein elendes, lächerliches Wirtshaus zwischen drei verschlafenen Villen. Und so geht's die ganze Küste hinab, aus einem Entzücken ins andere, aus einem Elend ins andere. Dort ragt der Monte Maggiore, aber die Bahn wird nicht gebaut. Noch immer ist Triest mit Abbazia durch kein Automobil verbunden, sie bringen die fünfzigtausend Kronen nicht auf. Dort ist Medolino, der schönste Hafen, den wir haben könnten. Gewiß, sagt die Regierung, gewiß! Drüben ist Arbe, unser Venedig, hier winkt das Eiland Sansego! Schade, sagt die Regierung, daß hier keine Fremden sind! Man kann aber hier nicht wohnen, kriegt nichts zu essen und hat kein Bad. Und dann gar, zwischen Trau und Spalato, der Märchenweg der sieben Kastelle, unsere Corniche! Man kann aber nirgends wohnen, kriegt nichts zu essen und kann nicht baden. Und die Halbinsel Lapad bei Gravosa mit den uralten Zypressen! Und San Giacomo bei Ragusa mit den schiefen

Agaven! Unheimlich ist es, wenn man so zwei Tage lang immer an Millionen vorbeifährt! Überall winken die reifen Millionen am Ufer und warten und scheinen die Hände zu ringen, zwischen den schwarzen Pinien und den silbernen Ölbäumen: Fremdling, heb' mich doch auf, nimm mich doch mit! Aber der Wiener sagt: Das ist mir ein unsichere Geschichte, mit solchen Millionen; wenn man Pech hat, tragen sie einem fünf, sechs Jahre lang nichts!

Um Berliner wird gebeten! Ich habe mir auf dieser ganzen Fahrt, an den flehenden Millionen vorbei, nur in einem fort gedacht, wie ich's denn bloß machen könnte, daß einmal zehn Berliner mit mir nach Dalmatien kämen. Freche, hämische, Skat spielende Berliner; Berliner, die mir schnoddrig den schönsten Sonnenuntergang verwitzelten: Berliner, die mir vor dem Rektorenpalast der Ragusaner jüdische Anekdoten erzählten; Berliner, die auf Lakroma, während aus dunklem Busch der Faun hinter der Nymphe her über den gelben Fels springt, Sehnsucht nach dem Ball der bösen Buben hätten. Ich will alles ertragen. Denn ich weiß, daß mich am zweiten Tag doch einer mit seiner zottigen Hand auf die Schulter schlagen wird, um mir zu sagen: Machen wir! Und nichts braucht Dalmatien als so einen mit einer großen dicken schwarzen Importe in der rauhen Hand, der es »macht«. Um Berliner wird gebeten!

Sagt aber doch ja nicht, ihr Herren, daß dies ein guter Spaß sei, sondern merkt lieber auf, ob denn keiner hört, wie weh mir dabei ist.

****

Dann beschrieb ich in der Neuen Freien Presse mein Dalmatinisches Abenteuer:

Platz hätten achthundert. Wir sind aber unser kaum zwanzig. Und als ich letzte Woche hinunterfuhr, waren wir noch weniger. Überall hört man jammern, die ganze Küste entlang, in allen Hotels, in allen Läden: Leer, es wollen keine Fremden heuer kommen, leer! Und die Schuld wird natürlich den Zeitungen gegeben; wieder einmal. Die Zeitungen haben das angestellt! Die Zeitungen verscheuchen uns die Fremden, mit ihrem Kriegslärm und ihrer Kriegsfurcht! Täglich hab' ich's überall hören müssen: Schreiben Sie doch, bitte, bitte, schreiben Sie doch in die Zeitung, daß es nicht wahr ist; daß wir hier in aller Stille leben, wie sonst; daß weit und breit der schönste Friede herrscht; das verdammte Kriegsgeschrei ruiniert uns noch alles! Die armen Leute taten mir leid, so gern hätt' ich ihnen zu helfen versucht! Wenn ich nur nicht inzwischen fast verhaftet worden wäre.

Das spielte sich in drei Akten ab. Es begann vorigen Mittwoch in Cattaro. Wir kamen an, ich wollte nach Montenegro, da hieß es, die Post gehe nicht, weil alles verschneit und der Paß unpassierbar für Wagen sei. Ich glaubte das zunächst nicht, nach meiner Gewohnheit, zunächst nichts zu glauben, und ließ meine Sachen ans Land bringen. Da trat mir ein finsterer Mann entgegen, ein österreichischer Finanzer von Aussehen, und auf italienisch, wie er mich mit meinem Facchino reden hörte, forderte er mir meinen Paß ab. Zufällig hatte ich in meinem alten Reisesack einen mit (er gilt natürlich längst nicht mehr, ich habe ihn nicht erneuern lassen, weil ich ja meistens im Ausland reise, und im Ausland braucht man keinen). Der Mann der Obrigkeit, der nicht Deutsch konnte, sah sich den Paß lange an. Dann rief er einen Kollegen herbei, der konnte auch nicht Deutsch. Und nun sahen alle zwei den Paß an und konnten alle zwei noch immer nicht Deutsch. Endlich nahm der erste wieder das Wort und fragte mich in seinem rauhen gutturalen Italienisch, wohin ich denn wolle. Ich: Nach Cettinje. Er, schon sehr argwöhnisch: Um was dort zu tun? Im reinsten Toskanisch, dessen ich fähig bin, bekam er zur Antwort: Was ich will. Er glaubte nicht recht verstanden zu haben und fragte wieder, als ob er schlecht gehört hätte: Um was zu tun? Ich sagte wieder: Was ich will. Und noch einmal wiederholte er seine Frage, ich meine Antwort: Um was zu tun? Was ich will. Und plötzlich, mit einem freundlichen Wink, war ich entlassen. Ist das nicht echt österreichisch, harmlosen Passagieren erst durch unnützes Verhör die Reise zu verleiden, wenn sich dann aber herausstellt, daß sie gar nicht harmlos sind, sondern frech, sogleich Respekt vor ihnen zu haben?

Nun war aber wirklich kein Gefährt nach Cettinje zu kriegen; es regnete, der Sturm stieß mir ins Gesicht, so beschloß ich, in meinem geliebten Ragusa besseres Wetter abzuwarten. Und erst heute fuhr ich nun wieder nach Cattaro. Zweiter Akt in dieser Tragödie von der dalmatinischen Hebung des Fremdenverkehrs. Ort: Hafen von Gravosa. In Erwartung des Dampfers. Der Morgen glänzt, leise Wellen schweben durch die Bucht, drüben grünen die Kiefern hell. Torpedos und Kriegsschiffe liegen draußen, grau wie Forellen. Ich stehe, mein Gepäck und einen von diesen stillen, geduldigen, gottergebenen Trägern neben mir. Und nichts Verdächtiges war an mir, bis auf den Schädel, den mir der liebe Gott verliehen hat. Da kam plötzlich langsam ein Feldwebel von der Gendarmerie zu mir heran, mit einem großen, offenen, herzensguten Gesicht, und grüßte mich recht freundlich und war sichtlich sehr verlegen, wie jemand, der sich furchtbar geniert. Es half ihm aber nichts, er mußte schließlich doch meinen Paß verlangen. Sehr froh war er, daß ich einen hatte. In meiner Bosheit hätt' ich's ihm gegönnt, keinen zu haben; es fiel mir aber zu spät ein; im ersten Moment regt sich doch stets der ausgezeichnete Staatsbürger, wenn man in Linz geboren ist; auch fuhr schon der Dampfer an. Mit hohen Ehren gab mir nun der Gendarm den Paß zurück, den ich alle die Jahre her in Italien, Frankreich und England niemals gebraucht. Und jetzt Akt drei! In Cattaro hieß es nämlich wieder: Alles verschneit, kein Wagen kommt durch! Und wieder vertröstete mich mein Freund Milo Milosevič, Packträger, Bruder eines Postkutschers und Montenegriner: In ein paar Tagen, vielleicht morgen schon! Aber ich hatte keine Lust, in dem säbelklirrenden Ort mit den aufgezwirbelten Kadetten zu bleiben, und zog es vor, nach Spalato zu fahren. Also ging ich aufs Schiff zurück, da lauerte mir schon das Verhängnis auf. Es bestand zunächst aus einer ganz merkwürdigen, schneehellen Luft, die von solcher Reinheit war, daß alles darin wie frisch gebadet schien; und nun oben der Himmel, unten das Wasser von einem venezianisch unwahrscheinlichen Blau, dazwischen aber das kreischende Kreideweiß des neu gestreuten Schnees in allen Bergen. So jung hatte mir schon lange keine Luft geglänzt; als wär's ein neuer Anfang aller Dinge. Zweitens aber bestand das Verhängnis aus einer Kette von Möven, diesen blitzschnellen, flugfrohen Möven, die hier in der Adria und unten im Mittelmeer oft tagelang den Schiffen folgen. Ein ganzer Zug war's, einige darin aber ganz toll vor Übermut, sich zu regen, wie betrunken von Sonne; und tauchten und stiegen und sprangen und bogen sich und warfen sich und trieben's so arg wie junge Delphine oder lange, lichte Engländerinnen, die Tennis spielen. Und eine, die war gar geheimnisvoll: sie schien's gar nicht nötig zu haben, erst zu fliegen, sondern ganz still hielt sie sich, und der Wind, auf seinem sanften Arm, trug sie. Da war's um mich geschehen. Nichts reizt mich nämlich mehr, als den Vogelflug zu photographieren. Nie gelingt's, drum will ich's immer. Einen Apparat hatte ich mit. Ich soll ja nämlich für meinen Verleger ein Büchl über dieses Land schreiben, um den Menschen in Berlin ein bissel Lust zu Dalmatien zu machen; und da, meint er, wären ein paar Aufnahmen gut. Also: ich stelle den Apparat auf die Möven ein, aber das Schiff stößt. Da sind wir gerade vor Castelnuovo, hier wird nicht gelandet, sondern Boote legen an. Der Dampfer steht, die Möven schweben, eben will ich knipsen, da schreit mir ein Individuum, das wie ein Briefträger aussieht, aus einem Boot herauf in rauhem Deutsch mit rabiaten Gesten zu, nicht die Festung zu photographieren! Ich lache und sage gelassen zurück: »Aber nein, ich will ja bloß die Möven, die Festung ist doch sicher den Italienern längst bekannt, also wozu?« Aber schon bewegen wir uns wieder, ich habe die kleine Möve verloren, nun freut's mich auch nicht mehr. Und den blauen Golf entlang, still auf dem Deck spazierend, genieß ich das Glück des silberweißen Tages und denke nur insgeheim, daß es gar nicht so einfach ist, den Menschen Mut zu Dalmatien zu machen! Und schon biegen wir wieder in die gelinde Bucht von Gravosa, wir landen, siehe, da springt ein aufgeregter Herr aufs Schiff, ein Telegramm in der Hand schwingend: der Polizeikommissär! Mein Pech war nun, daß unser Kapitän mich kannte und dem Kommissär meinen Namen nannte. Und leider war es ein wohlgebildeter und wohlgesitteter, sehr artiger Kommissär (auch das gibt's!), der sich höflich entschuldigte, mir zur Entschuldigung das Telegramm wies, das jener gelb ausgeschlagene Lackl von Castelnuovo dem Spion mit dem Kodak patriotisch nachgeschickt, nur »der Form wegen« meinen Paß zu sehen bat und mir, wohl auch »nur der Form wegen«, den Apparat abnahm, aber baldigst nachzusenden versprach – aber sicher wird die Polizei schlecht »entwickeln«! Schade. Wie schön wär's gewesen, in Ketten über den Stradone zu marschieren! Die besten Gelegenheiten versäumt man. Ernsthaft: wenn ich nun nicht zufällig »einer von der Zeitung« wär', die jeder haßt, aber mit einer solchen Heidenangst davor? Wenn ich ein unbekannter junger Maler wär'? Oder gar ein ehrsamer, lustiger Schneidergesell? Den hätten sie drei Wochen eingesperrt und mit dem Schub nach Haus geschickt.

Ich höre nun liebe Wiener sagen: Muß er denn auch grad jetzt nach Dalmatien gehen, bei den aufgeregten Zeiten? Sie haben ganz recht: man muß nicht. Aber darum handelt es sich ja grad: denn die Dalmatiner möchten doch, daß man muß. Und seit Jahren werden doch in den Ministerien so viele Köpfe gekratzt, dienstlich oder freiwillig, was denn geschehen soll, damit man nach Dalmatien muß! Und wie kann ich den Dalmatinern den Gefallen tun und »in die Zeitung schreiben«, daß hier niemand was von Kriegsgefahr und Aufregung weiß und alles still und friedlich ist, wenn man nicht einmal mehr dem banalen Mädchensport des Kodaks frönen darf, in seinem eigenen Lande nicht? Ja, die Dalmatiner gehen freilich ruhig ihren Arbeiten und Sorgen nach, sie wissen nichts von Lärm und Furcht, sie sind still und friedlich wie sonst, sie schon; das ist schon wahr. Aber die Polizei macht das Land unsicher. Und da hab' ich's: Ich muß in diesem Satze nur Verwaltung noch für Polizei einsetzen, und er drückt vollkommen das Gefühl aus, das mir in Dalmatien nicht von der Seite geht. Die Verwaltung macht Dalmatien unsicher, das ist es. Seit Jahren reise ich hier und muß mich immer wieder fragen, was denn so bang und schwer hier auf allen Menschen und allen Dingen liegt. Und eigentlich kommt's mir immer mehr und mehr so vor: Wir haben dieses Land inne, wir halten es besetzt und bewacht, aber wir eignen es uns noch immer nicht an, dafür tun wir nichts. Wir eignen es uns nicht an, denn dazu gehörte Vertrauen bei beiden; und Vertrauen hat keins. Das Verhältnis ist: dem Dalmatiner ist von vornherein alles verdächtig, was von der Regierung kommt, und der Regierung ist von vornherein alles verdächtig, was der Dalmatiner will; und trifft es sich zuweilen einmal, daß beide dasselbe wollen, so kriegen beide Angst, und beide denken, daß sie sich geirrt haben müssen! Die Regierung sagt, sie will das Beste. Möglich. Die Dalmatiner sagen auch, sie wollen das Beste. Höchst wahrscheinlich. Und dieses Beste, wovon in einem fort geredet und worüber in einem fort geschrieben wird, warum geschieht es nie? Weil die Regierung meint, es müsse von ihr aus geschehen, nach ihrer Wohlmeinung und als eine Belohnung sozusagen, die sich die Dalmatiner erst durch artige Sitten zu verdienen hätten. Und weil die Dalmatiner verlangen, daß es durch sie selbst geschehe, durch ihres eigenen Volkes Kraft und nach seinem Bedürfnis und als sein Recht. Darum bleibt, was immer man in Wien für Dalmatien »erlassen« mag, die Stimmung im Lande stets: Timeo Danaos et dona ferentes. Man muß in alten Memoiren nachlesen, aus der Zeit, als wir noch in Oberitalien saßen. Auch da sind wir immer Danaer geblieben. Und unsere Verwaltung macht überall immer doch die alten Dummheiten wieder!

Sonst wenn ich nach Dalmatien kam, war ich auf den Zufall angewiesen, mir in den Gassen die Stimmungen der Menschen zu erhorchen. Diesmal haben es mir Empfehlungen erleichtert, die ich dem Grafen Ivo Vojnovič, dem großen kroatischen Dichter, verdanke; sie schlossen mir manches gastliche Haus auf. Nun sind mir diese scheuen, ernsten, schwermütigen Menschen erst recht ins Herz gedrungen! So traurig sind sie, so preisgegeben und ausgesetzt fühlen sie sich, mit ihrer tiefen Liebe zur Heimat. Und immer dieselbe Klage: Niemand will uns anhören, man traut uns nicht, wie in feindlichem Land hausen sie mit uns! Und überall hat man mir dieselbe Geschichte wieder erzählt: wie vor ein paar Jahren der Stadt Ragusa, weil einmal in ihren Straßen auf den durchfahrenden Prinzen Danielo von Montenegro zu stark Hoch gerufen wurde, strafweise ein Bataillon entzogen worden sei, »strafweise, als wären wir unartige, schlimme Buben!« Noch klingt mir immer der dunkle, schamverhüllte Ton zorniger Kränkung im Ohr, in dem mir's alle erzählten: Wie schlimme Buben, die man in den Winkel stellt! Und darum geht schließlich alles: sie wollen nicht von Wien »erzogen« werden, sie fühlen sich reif, sich selbst zu erziehen, ihr eigenes Leben wollen sie haben, ihrer eingeborenen, angestammten Art gemäß! Und dann rücken sie an einen ganz nahe heran, und die mandelförmigen, samtenen Augen glänzen ihnen, und, kindisch-treuherzig, beteuern sie, es sei wirklich nicht wahr, daß sie Hochverräter sind, nur ihr schönes Land möchten sie für sich haben.

Noch eine Geschichte haben mir alle gerne erzählt. Als der Kaiser Franz einst nach Ragusa kam, gefiel ihm eine Straße sehr. Und er hörte: Die haben die Franzosen gemacht! Und dann gefiel ihm eine Brücke. Und er hörte: Die haben die Franzosen gemacht! Und noch manches gefiel ihm. Und immer hörte er: Das haben die Franzosen gemacht! Bis er endlich sagte: Schad', daß s' nicht länger da blieben sind, die Franzosen! So sprach der staatsmännische Kaiser Franz.

Übrigens, wenn die Ragusaner Polizei noch weiter nett mit mir sein wird, mir meinen Apparat unversehrt wiedergibt und den Film nicht verdorben hat, will ich mich revanchieren und ihr raten, wie sie sich noch patriotischer betätigen kann: Sie soll doch auch die Ansichtskarten der Bocche konfiszieren!

Einstweilen aber sinne ich nach, wie ich's anstellen soll, um wieder Lust zu kriegen, den Leuten Lust zu Dalmatien zu machen.

****

Diese Schilderung meines Dalmatinischen Abenteuers war dem jungen Herrn von Chlumecky gar nicht recht, und er ließ sich darüber in der Österreichischen Rundschau vom 15. März also vernehmen:

»Hermann Bahrs Dalmatien.

Dem Lande Dalmatien ist großes Heil widerfahren: Hermann Bahr hat es entdeckt. Jetzt wird das Aschenbrödel Österreichs bald eine reiche Prinzessin werden, denn Hermann Bahr sinnt darüber nach, wie er »wieder Lust bekommen könnte«, den Leuten Lust zu Dalmatien zu machen. Wie er uns selbst sagt, soll er über seines Verlegers Wunsch ein »Büchel« schreiben, um Stimmung für Dalmatien zu machen. Es scheint nicht, daß es dem Verleger wirklich darum zu tun ist, gerade dieses Ziel zu erreichen. Der Ruf eines Landes muß schon wohl begründet sein, um Hermann Bahrs zersetzenden Kritiken standhalten zu können. Schon in dem Präludium zu seinem »Büchel« bleibt uns die ätzende Lauge seines Spottes nicht erspart. Sie ergießt sich wie gewöhnlich über die Verwaltung Österreichs. Diese hat freilich ein schweres Vergehen begangen. Hat es gewagt, Herrn Bahr nach seinem Paß zu fragen und ihm den Kodak abzunehmen, als er in einem Festungsrayon lustig darauf losknipste. Die böse, vom Polizeigeist Metternichs durchdrungene Verwaltung! Sie unterfängt sich am Vorabend eines Krieges in einem von Spionen durchkreuzten und von Feinden umlauerten Lande den Fremdenverkehr ein bißchen zu überwachen. Und nun gar die Kodakaffäre! Freilich: In Malta oder Villefranche oder Spezia wie in jedem Kriegshafen oder anderen Orte des Auslandes, in dem wichtige Festungen sich befinden, wäre Hermann Bahr einfach arretiert worden. Selbst dann, wenn es dort keinen Kriegslärm gegeben und vielleicht auch dann, wenn er gar nicht photographiert hätte, sondern mit seinem Kodak bloß spazieren gegangen wäre. Selbst der Kaiserin Eugenie ist einmal ähnliches widerfahren. Im Auslande kennt man eben in solchen Dingen keinen Spaß, und Hermann Bahr verdankt es nur unserer Gemütlichkeit, wenn es ihm dabei so glimpflich ergangen ist.

Wer ihn hört, muß freilich glauben, daß in Dalmatien das türkische Spitzelsystem herrsche. Ausnahmezustände und Ausnahmezeiten werden als Regel dargestellt und so dem ahnungslosen Publikum für immer die Lust benommen, nach Dalmatien zu reisen. Das kleine »Abenteuer mit dem Kodak« scheint Herrn Bahrs objektiven Blick getrübt zu haben, denn auch die Wiedergabe seiner sonstigen Beobachtungen läßt das unbefangene Urteil missen. Studien, die bei einer hastigen Eilfahrt längs der Küste des Landes betrieben wurden, scheinen den Beobachter zu befähigen, ein Urteil zu fällen, welches klarer und treffsicherer sein soll als jenes von Beamten und Offizieren, die jahre- und jahrzehntelang im Lande leben, es von Nord nach Süd und bis tief ins Innere durchstreiften, dabei tagtäglich mit der

Bevölkerung in innigsten Kontakt kamen, und die heute alle es noch wagen, anderer Meinung zu sein als Hermann Bahr. Das eben ist der Vorzug des Genies. Es erfaßt alles auf den ersten Blick und kann aus einigen hie und da aufgelesenen Andeutungen ein ganzes System ausklügeln. Schade nur, daß die Quellen, aus denen Herr Bahr geschöpft, vielleicht etwas trüb, die Ansichten, die er zu hören bekommen, recht einseitige waren. Man darf nicht vergessen, daß Ragusa seit Jahren der Brennpunkt der großserbischen Bewegung ist, welche gerade die Intelligenz der Stadt erfaßt hat. Es scheint, daß Hermann Bahr in Kreise gelangt ist, die man nicht konsultieren darf, wenn man über Österreichs Wirken in Dalmatien die Wahrheit wissen will. Dies gibt uns den Schlüssel für seine ganz eigenartige Auffassung der Dinge. »Die Polizei macht das Land unsicher.« Gewiß, unsicher für jene, welche »still und friedlich« ihre – hochverräterischen Pläne mit Cettinje und Belgrad weiterspinnen wollen, unsicher für jene, welche großserbischen Ideen nachjagen. Diese »scheuen und schwermütigen Menschen« Hermann Bahrs, die seit Jahrhunderten ein mit faszinierender Liebenswürdigkeit verbundenes diplomatisches Auftreten einander vererben, haben auch andere als Herrn Bahr über ihre wahren Ziele und Absichten getäuscht. Mit etwas mehr Gründlichkeit würde aber Hermann Bahr dessen gewahr werden. Er würde die ihm so unschuldig erscheinende Demonstration für den Fürsten Danilo in ihrer Bedeutung einschätzen lernen, würde erfahren, daß hinter dem Glanz dieser »mandelförmigen, samtenen Augen« sich Hoffnungen verbergen, deren Kühnheit sein Erstaunen und vielleicht auch sein Befremden erregen dürften.

Und noch einen anderen Irrtum begeht Bahr, indem er meint, man brauche nur der eigenen Kraft des Volkes freien Lauf zu lassen, um Dalmatiens wirtschaftliche Lage zu bessern. Es ist wahr: Österreich hat an Dalmatien jahrzehntelang schwer gesündigt, aber gerade dadurch, daß es von der Initiative der Bevölkerung immer erwartet hat, was dieser ohne Anregung von außen besonders schwerfallen wird: sachliche, ruhige Arbeit. Die Kräfte des Dalmatiners sind durch seine politischen und nationalen Kämpfe, welche ihn mehr fesseln als jedwede andere Betätigung, so sehr gebunden, daß sie auf keinem anderen Gebiete mehr zu voller Entfaltung gelangen können. Daher erwartet der Dalmatiner jeden Impuls, und mehr als das, jede praktische Tätigkeit zur wirtschaftlichen Hebung des Landes immer nur von der Regierung. Die Intelligenz Dalmatiens treibt Politik und übt Kritik an der Regierung und ihren Maßnahmen. Der Verwaltung wird die Aufgabe zugewiesen, dem Volke Arbeitsgelegenheit zu schaffen, für die materiellen Bedürfnisse des Landes zu sorgen. Und eben dadurch haben die Regierungen Österreichs gefehlt, daß sie jahrzehntelang darauf warteten, daß dieses durch den Dalmatiner selbst geschehe. Damals, als die Verwaltung keine Anregung zu geben wußte, da wurde sie in Dalmatien als indolent verschrien. Heute, wo die Regierung die wirtschaftliche Wiedergeburt des Landes selbst herbeiführen will, wehren sich die Dalmatiner gegen die fremde Einmischung. Herr Bahr möge uns den Weg weisen, wie wir es anstellen sollen, um diesen einander widersprechenden Wünschen und Beschwerden gerecht zu werden. Solange er uns kein anderes Rezept zu geben weiß, halten es viele für das beste, Dalmatien wie eine Kolonie zu verwalten, in die man erst alles von außen hineintragen muß. Alles: Kapital, Menschen, Impulse und Ideen.«

****

Ich lasse mir nun ja viel gefallen, aber doch nicht, daß der junge Herr von Chlumecky den Retter Dalmatiens spielt; ich weiß zu gut, womit er seine Zeit in Ragusa zugebracht hat. Ich bat also den Regierungsrat Glossy zum Telephon, den Herausgeber des Blatts, um anzufragen, ob ich antworten könnte. Er war einverstanden und so schrieb ich ihm am 19. März:

»Sehr verehrter lieber Herr Regierungsrat! Im letzten Hefte Ihrer Rundschau macht sich Herr Baron Chlumecky der Jüngere das Vergnügen, meine Meinungen über Dalmatien mit Ironie zu behandeln. Ich könnte ihm das vergelten. Ich könnte ja zum Beispiel erzählen, wie man über ihn in Dalmatien denkt; man kennt ihn dort und weiß manches von ihm. Doch handelt es sich hier weder um ihn noch um mich, nicht um Personen, sondern um die Sache, um Dalmatien. Ich kenne Dalmatien und die Dalmatiner seit Jahren, nicht bloß vom Eildampfer aus, ich liebe das Land und die Leute, sie tun mir sehr leid, und ich habe nachgedacht, ob es denn nicht möglich wäre, aus Dalmatien ein österreichisches Land zu machen. Jetzt, kommt mir vor, ist es dies keineswegs, sondern es wird von uns nur mit Waffengewalt besetzt gehalten. Und wir werden es uns, kommt mir vor, so lange nicht innerlich aneignen, als wir zu den Dalmatinern und sie zu uns kein Vertrauen haben. Nach meinen Erfahrungen zeigt aber die österreichische Verwaltung den Dalmatinern kein Vertrauen und sie verdient von ihnen keins. Mein Eindruck ist alle die Jahre her dort immer derselbe gewesen: ein armes, stilles, treues, aufrichtiges und gehorsames Volk, das sich in seiner Not gar nichts Besseres wünschen möchte, als gut österreichisch sein zu können, wird durch Unverstand, Willkür und Rechtlosigkeit gepeinigt, als sollte ihm gewaltsam sein österreichisches Gefühl ausgetrieben und es vorsätzlich zum Hochverrat gezwungen werden. Da man nun damit bisher nichts erreicht hat als Verwirrung, Argwohn und Haß im ganzen Land, wäre ich dafür, es jetzt einmal mit Vernunft, Wohlwollen und Gesetzlichkeit zu versuchen. Probeweise könnten ja, zunächst etwa bloß für ein Jahr, Vernunft, Wohlwollen und Gesetzlichkeit in Dalmatien eingeführt werden, und man könnte dann eben abwarten, was aus den Dalmatinern werde, wenn sie sich einmal wohl fühlen. Das ist meine Meinung über Dalmatien. Sie kann natürlich falsch sein. Aber es kann ja auch die Meinung des Herrn Chlumecky falsch sein. Das können wir beide nicht wissen. Wollen wir in Dalmatien darüber abstimmen lassen, wer von uns beiden recht habe?

Ich bin's bereit. – Übrigens weiß ich sehr wohl, daß Dalmatien fremde Hilfe braucht, darin hat Herr Baron Chlumecky sicher recht. Ich habe nur noch nicht bemerkt, daß es sie je von Wien bekommen hätte. Weshalb ich schon voriges Jahr einmal in der Neuen Freien Presse vorschlug, Dalmatien sollte doch, da ja wir nichts dafür tun, einer Berliner G. m. b. H. übergeben werden, und erst neulich noch im Berliner Tageblatt über Dalmatien unter dem Titel schrieb: Um Berliner wird gebeten! Ich sagte da meinen Berliner Freunden: Dalmatien braucht Geld, das größte Geschäft wäre dort zu machen, Österreich unterläßt es, also macht ihr es doch! Da es am Ende ja wirklich gleich sein kann, woher Geld in das verlassene Land kommt. Wenn Herr Baron Chlumecky eins bringt, solls ebenso willkommen sein. Er will ja »kolonisieren«. Nur zu! Alles, alles soll durch ihn ins Land gebracht werden, »Kapital, Menschen, Impulse, Ideen!« Nur zu! Aber wenn er schon »alles, alles« in Dalmatien importiert, wüßte ich ihm noch etwas, was er auch mitbringen könnte: ein bißchen Gerechtigkeit, oh, einen einzigen Tropfen nur, einen einzigen kleinen Tropfen Gerechtigkeit für den ersten Anfang.«

Aber ich mußte dem verehrten Regierungsrat noch ein zweites Mal schreiben, nämlich folgendes: »In der Österreichischen Rundschau vom 15. März hat sich Herr von Chlumecky über mein in der Neuen Freien Presse vom 2. März erschienenes Feuilleton, »Dalmatinisches Abenteuer« ausgesprochen. Telephonisch wurde dann zwischen Ihnen und mir vereinbart, daß ich in Ihrer Zeitschrift antworten könnte. Zehn Tage, nachdem meine Antwort an Sie abgegangen war, wurde ich von Ihrer Redaktion verständigt, das Manuskript sei auf eine unbegreifliche Weise in Verlust geraten; dies mit der Bitte, eine Kopie des Manuskripts einzusenden, mit dem Bedauern, daß es nun leider für die Nummer vom 1. April zu spät sei, und mit der Versicherung, den Brief im zweiten Aprilheft abzudrucken. Dieses zweite Aprilheft ist am 9. ausgegeben worden und enthält meinen Brief nicht. Ich überlasse es Ihrem Urteil, sehr verehrter Freund, ob dies unseren journalistischen Sitten entspricht.«

Er antwortete mir: »Ich habe mir am 2. April erlaubt, Ihnen mitzuteilen, daß ich Ihre Erwiderung Herrn Baron Chlumecky mitgeteilt habe und hoffentlich in der Lage sein werde, Ihnen recht bald Nachricht zu geben. Von meinem Osterausfluge zurückgekehrt finde ich sowohl ein Schreiben des Herrn Baron Chlumecky als auch Ihre werte Zuschrift vom 13. d. M. vor. Herr Baron Chlumecky schrieb mir, daß man gerne Ihre Stimme in einem sachlich begründeten Artikel, worin die Bedenken der dalmatinischen Verwaltung erörtert und Vorschläge zu deren Verbesserung gemacht werden, hören würde. Mit Ihrer Erwiderung könnte er sich nicht einverstanden erklären. Ich möchte Sie also bitten, hiervon Kenntnis zu nehmen und dem Vorschlage des Herrn Baron Chlumecky zu entsprechen. Ich habe Ihnen bereits mitgeteilt, daß wir Herausgeber uns in die Arbeit geteilt haben und daß der politische Teil unserer

Zeitschrift in das Arbeitsgebiet des Herrn Baron Chlumecky fällt. Ich würde mich ungemein freuen, endlich einmal einen Beitrag aus Ihrer Feder für unsere Zeitschrift zu erwerben. Sie können sich auch denken, daß mir bei der besonderen Sympathie für Ihre Person diese Episode sehr unangenehm ist, und ich hoffe, daß Sie mit Rücksicht auf Ihre mir sooft bewiesene freundschaftliche Gesinnung auch diesmal entgegenkommen werden. Ich bin auch der Meinung, daß bei Vermeidung jeder Spitze der Effekt weit kräftiger und nachhältiger sein wird.«

Worauf ich dem verehrten Regierungsrat noch ein drittes Mal schrieb, nämlich so: »Es tut mir sehr weh, Sie in dieser Gesellschaft zu sehen. Ihre Redlichkeit kennend, weiß ich ja, wie schwer es Ihnen geworden sein muß, das Gebot des journalistischen Anstands zu verleugnen.«

****

An Nikolaus Nardelli, den Statthalter von Dalmatien, schrieb ich am 9. März:

»Sehr geehrter Herr Statthalter! Um über Dalmatien, das ich seit Jahren kenne, für einen Berliner Verleger ein kleines Buch zu schreiben, bin ich nun wieder einige Zeit dort gewesen. Dabei wurde mir in Spalato von Leuten, die durchaus mein Vertrauen haben, immer wieder ein Vorgang erzählt, der sich vor ganz kurzer Zeit abgespielt haben soll, der mir fast unglaublich vorkommt, der mir aber von allen mit einer solchen Heftigkeit beteuert wird, daß ich ihn nicht werde verschweigen können. Doch will ich nicht von ihm sprechen, ohne zuvor Ihre Äußerung eingeholt zu haben, da Sie, sehr geehrter Herr Statthalter, mir überall als ein gründlicher Kenner und der ehrlichste Freund Dalmatiens bezeichnet werden und ich für Sie, für Sie persönlich, keineswegs für Ihre Organe, die allergrößte Hochachtung hege. Erzählt wird allgemein, daß vor einigen Monaten eine allgemeine Entwaffnung angeordnet und dann in der Umgebung von Spalato bei den Bauern nach Waffen gesucht worden sei. Nun besteht das einzige Erbe dieser armen Leute in altertümlichen Gewehren, Pistolen oder Handsäbeln, die von ihren Ahnen den Türken abgenommen worden und von Geschlecht zu Geschlecht als kostbare Andenken an eine größere Zeit in den Familien aufbewahrt geblieben sind. Es ist ganz unzweifelhaft, daß solche längst unbrauchbar gewordene historische Geräte keine »Waffen« im Sinne des Gesetzes sind. Und wären sie es, so müßte doch jedenfalls der Ordnung gemäß verfahren und dem Eigentümer mitgeteilt werden, was mit den »Waffen«, die man ihm konfisziert hat, denn eigentlich geschieht, wohin sie gebracht worden und wo sie bleiben. Erzählt wird aber, daß man dies unterlassen, den Bauern ihr Eigentum einfach weggenommen und es verschleudert habe. Meine Vertrauensmänner pflegen diesen Bericht mit der Bemerkung zu schließen, daß man seitdem bei vielen

Beamten und Offizieren merkwürdig reiche Sammlungen kostbarer alter dalmatinischer Waffen finde. Meine Vertrauensmänner stehen nicht an, dies als einen »amtlichen Raub« zu bezeichnen. Ich wäre Ihnen, sehr geehrter Herr Statthalter, außerordentlich verbunden, wenn Sie die große Güte hätten, mich darüber mit einigen Worten aufzuklären.«

Als ich dem Hofrat Burckhard von diesen merkwürdigen »Entwaffnungen« berichtete, sagte er: »Sie dürfen nur nicht glauben, daß dies etwas Neues oder etwas besonders Dalmatinisches sei, nein, es ist gute alte österreichische Tradition.« Und er erzählte mir, wie er als Bub daheim einst ein verrostetes altes Schießgewehr fand und sein Vater, als er ihn damit spielen sah, in argen Zorn geriet, weil dieses Schießgewehr nämlich früher eine wunderschöne Flinte gewesen war, die 1849, bei der allgemeinen Entwaffnung, abgeliefert werden mußte; und als dann später die konfiszierten Waffen ihren Eigentümern zurückgegeben wurden, siehe! da hatte die kostbare Flinte sich in ein wertloses Schießgewehr verwandelt. Es gab also schon damals solche Sammler und die dalmatinische Verwaltung hält sich an ein altes Gewohnheitsrecht.

Auf meinen Brief an den Statthalter in Zara kam zunächst an mich ein Brief aus Spalato. Einer meiner Freunde dort hatte erfahren, was ich an den Statthalter geschrieben, ferner daß darauf der Statthalter bei der dortigen Bezirkshauptmannschaft angefragt, und endlich, was die Bezirkshauptmannschaft dem Statthalter geantwortet und was nun also der Statthalter mir antworten werde. Dies alles schrieb mir der Freund, und es machte mir Spaß, die Antwort des Statthalters früher zu wissen als er selbst. Ich dachte einen Moment daran ihm zu schreiben: »Sehr geehrter Herr Statthalter! Auf meinen Brief vom 9. d. M. werden Sie mir antworten, daß usw. Ich erlaube mir darauf im voraus zu erwidern, daß usw.« Aber das hätte ihn am Ende geärgert.

Der Statthalter antwortete mir am 30. März aus Zara:

»Euer Hochwohlgeboren! Wiewohl mir die von Euer Hochwohlgeboren erwähnten Gerüchte über das Verschwinden amtlich konfiszierter Waffen wenig glaubwürdig vorkamen, habe ich hierüber Erhebungen einleiten lassen, aus welchen ich entnehme, daß die letzte Entwaffnung im Bezirke Spalato im Jahre 1898 erfolgte. Die damals konfiszierten Waffen befinden sich ausnahmslos noch gegenwärtig in Verwahrung der Bezirkshauptmannschaft. Die Euer Hochwohlgeboren erteilten Informationen über ein Abhandenkommen einzelner derselben muß ich demnach als ganz unrichtig bezeichnen. Mit dem Ausdrucke vorzüglicher Hochachtung Euer Hochwohlgeboren ergebener Nardelli.«

Ich schrieb darauf an ihn noch diesen Brief: »Sehr geehrter Herr

Statthalter! Nehmen Sie, sehr verehrter Herr Statthalter, meinen allerbesten Dank für Ihre so freundlichen Bemühungen und Ihr liebenswürdiges Schreiben vom 30. März. Was die Sache selbst betrifft, die ja auch mir »wenig glaubwürdig« verkommt, so sind mir inzwischen hierzu noch folgende Daten angegeben worden: ›Zu Weihnachten 1908 wurden bei der Entwaffnung des Dorfes Otok im politischen Bezirke Sinj den Bauern mehrere sehr schöne, kostbare, antike Nationalwaffen genommen, welche die Bauern bei dem jährlichen, am 15. August stattfindenden historischen »Alka«-Pferderennen als Schmuck tragen. So wurde dem Dorfvorsteher von Otok, Luka Milanovič-Litre des ver. Luka, zwei mit Silber beschlagene sehr alte Gewehre und ein gleichfalls mit Silber beschlagenes und mit sehr kostbaren Steinen besetztes Handjar-Messer genommen. Diese Waffen waren schon über 150 Jahre im Besitze der Familie Milanovič.‹ So steht nun Behauptung gegen Behauptung. Nochmals bestens dankend, bin ich, sehr geehrter Herr Statthalter, Ihr aufrichtig ergebener H. B.«

Darauf erhielt ich vom Statthalter keine Antwort mehr, wohl aber erschien in der Spalatriner »Sloboda« vom 18. Juni folgender Aufsatz:

»Hermann Bahr für Dalmatien.

Als Hermann Bahr den verflossenen Winter in Dalmatien zubrachte, fragte er uns, da er sich für die Landes- und Volksverhältnisse sehr interessierte, unter anderem, weshalb unsere reichen und altertümlichen Volkswaffen immer mehr verschwinden, so daß sie heute zu einer Seltenheit im Lande geworden sind.

Um dem Herrn Bahr dieses »Verschwinden« zu erklären, zeigten wir ihm, wie auch in diesem »Unternehmen« unsere Regierung die Hauptrolle spielt und es ausschließlich ihr Verdienst ist, daß es mit diesen historischen und kunstvollen Andenken unseres Volkes so weit gekommen ist.

Wir erzählten ihm folgendes: Unsere Regierung führt schon seit mehreren Dezennien ununterbrochen und systematisch die Entwaffnung des Landes durch; bei diesen Entwaffnungen wird auf die historischen Volkswaffen der größte Wert gelegt, und werden dieselben von den betreffenden behördlichen Organen mit einer gewissen Habgier gepfändet und abgenommen; hierbei werden mit den neuen Waffen alte Gewehre, Pistolen und Säbel abgenommen, mit denen man kaum eine Maus töten könnte, die für das Volk jedoch die einzige Erinnerung an die Heldentaten ihrer Vorfahren sind. Diese Waffen werden dann aus Dalmatien nach Wien transportiert, und hier entweder um teures Geld verkauft, oder unter die höheren Beamten und deren Freunde verteilt. Der verstorbene Dr. Trojanović sah gelegentlich einer Opernvorstellung in Wien in der Hand des Tenors einen herrlichen alten Säbel, der aus der Gegend von Kotor stammte; als er mit diesem Tenor zusammenkam, sagte ihm dieser, er habe den Säbel im Ministerium des Inneren erworben. Schließlich wurde vor einiger Zeit das Dorf Glavice bei Sinj entwaffnet und hierbei den Leuten kostbare, in Gold und Silber gearbeitete, sowie mit Edelsteinen verzierte Waffen, abgenommen.

Als Herr Bahr dies hörte, staunte er und skandalisierte sehr über dieses Barbarenwesen und diese Plünderung – wie er es selbst bezeichnete. Er wollte gar nicht an die Möglichkeit unserer Behauptungen glauben, und sagte, daß dies nicht nur ein dalmatinischer, sondern ein europäischer Skandal wäre, und begriff nicht, wie das Land und besonders die Abgeordneten dem ruhig zusehen können, denn es wäre doch unglaublich, wenn man diesem Vorgehen nicht Einhalt tun könnte...

Als Bahr dann nach Wien kam, richtete er einen Brief direkt an den Statthalter Nardelli, worin er ihm Einiges, was er in dieser Beziehung gehört, mitteilte, und fragte ihn ob es wahr sei, daß gelegentlich der Entwaffnung im Jahre 1907 in einem Dorfe des Bezirkes von Splitazach die altertümlichen Volkswaffen den Bauern abgenommen wurden. (Bahr glaubte nämlich, daß das Dorf Glavice im politischen Bezirke von Split gelegen sei.) Die Statthalterei wußte zwar genau, daß sich dies auf den Ort Glavice beziehe, machte sich jedoch den Irrtum Bahrs zu Nutzen, und stellte fest, daß schon seit zehn Jahren im Bezirke von Split keine Entwaffnung vorgenommen wurde, und daher auch die Behauptung Bahrs nicht der Wahrheit entspreche.

Herr Bahr ruhte jedoch nicht, erfuhr, daß der Ort Glavice zum politischen Bezirk von Sinj gehöre, daß derselbe im Jahre 1907 entwaffnet wurde, und daß bei dieser Gelegenheit nebst anderen auch dem Luka Milauvire-Litre zwei kostbare Stücke alter Waffen abgenommen wurden.

Als Bahr im Besitze dieser unwiderlegbaren Tatsachen war, drohte er diesen ganzen systemisierten Skandal der Plünderung des Nationalgutes in die europäische Presse zu bringen, falls dem nicht ehebaldigst entgegengetreten würde.

Die Drohung des deutschen Herrn Bahr flößte doch den Herren in Zadar und Wien Angst ein, obwohl sie die Drohungen unserer Abgeordneten unbeachtet ließen, und die Folge war, daß die Statthalterei einen Erlaß erließ, worin angeordnet wird, daß die dem Luka Milanovič-Litre, gelegentlich der Entwaffnung abgenommenen Waffen sogleich rückzuerstatten sind, und am 27. Mai l. J. sandte die Statthalterei ein Zirkular an alle Bezirksvorstände, in welchem bestimmt wurde, daß von nun an bei der Entwaffnung dalmatinischer Ortschaften auf die alten Waffen genau zu achten ist, und solche weder gepfändet noch abgenommen werden dürfen, sondern im freien Besitze desjenigen zu verbleiben haben, bei dem sie gefunden wurden.

So wird durch das Verdienst eines Fremden unser Volk in der Lage sein, die wenigen Überreste der historischen Waffen behalten zu können. Dies ist zwar sonderbar und traurig, aber wahr.«

In diesem Aufsatz wundert mich nur, daß die Statthalterei als eine »Drohung« empfunden haben soll, was doch nur eine höfliche Anfrage war.

Am Ende wird man dieses ganze Buch auch als »Drohung« empfinden, während es doch nur zornige Liebe ist, die hier spricht.

Ich will helfen, Österreichs schönstes Land vor seinen tückisch schleichenden Verderbern zu retten und ihm die Freiheit zu bringen.

Ende